DU MÊME AUTEUR

Aux Éditions Chiron

- Quel jour sommes-nous ? La maladie d'Alzheimer jour après jour
- Rendez-vous à Pristina - récit de l'intervention humanitaire

Aux Éditions du Palémon

n° 1 - La Neige venait de l'Ouest
n° 2 - Les disparues de Quimperlé
n° 3 - La Belle Scaëroise
n° 4 - Étape à Plouay
n° 5 - Lanterne rouge à Châteauneuf-du-Faou
n° 6 - Coup de tabac à Morlaix
n° 7 - Échec et tag à Clohars-Carnoët
n° 8 - Peinture brûlante à Pontivy
n° 9 - En rade à Brest
n° 10 - Drôle de chantier à Saint-Nazaire
n° 11 - Poitiers, l'affaire du Parc
n° 12 - Embrouilles briochines
n° 13 - La demoiselle du Guilvinec
n° 14 - Jeu de quilles en pays guérandais
n° 15 - Concarneau, affaire classée
n° 16 - Faute de carre à Vannes
n° 17 - Gros gnons à Roscoff
n° 18 - Maldonne à Redon
n° 19 - Saint ou Démon à Saint-Brévin-les-Pins
n° 20 - Rennes au galop
n° 21 - Ça se Corse à Lorient
n° 22 - Hors circuit à Châteaulin
n° 23 - Sans Broderie ni Dentelle
n° 24 - Faites vos jeux
n° 25 - Enfumages
n° 26 - Corsaires de l'Est
n° 27 - Zones blanches
n° 28 - Ils sont inattaquables

Menaces - Tome 1 - Attaques sur la capitale
Menaces - Tome 2 - Tel le Phénix

www.palemon.fr - www.firminlebourhis.fr

FIRMIN LE BOURHIS

Ils sont inattaquables

ÉDITIONS DU PALÉMON
ZA de Troyalac'h - 10 rue André Michelin - 29 170 Saint-Évarzec

La totalité des droits d'auteur
des titres de Firmin Le Bourhis est versée à l'action
concernant les trois principales maladies neuro-dégénératives
que sont Alzheimer, Parkinson et la Sclérose en Plaques
et autres maladies auto-immunes.

NOTE DE L'AUTEUR

Comme pour chaque enquête, le texte intègre différents ingrédients que j'ai rassemblés ici, la majorité des personnages de cette histoire ayant existé, dit et fait ce que j'ai relaté. Souvent la réalité dépasse la fiction, et je laisse aux lecteurs le soin de deviner ce qui relève de ma seule imagination...

Ce roman revêt néanmoins pour moi une importance toute particulière, et je l'ai écrit avec beaucoup d'émotion, car les faits relatifs aux vaccins qui y sont évoqués ont directement touché ma famille en 2015.

CE LIVRE EST UN ROMAN.

Toute ressemblance avec des personnes, des noms propres, des lieux privés, des noms de firmes, des situations existant ou ayant existé, ne saurait être que le fait du hasard.

À Nino.

REMERCIEMENTS

- L'Office de Tourisme du Pays de Douarnenez,
en particulier Fabrice pour son accueil et ses informations.
- José Salaün, directeur du port de pêche de Douarnenez,
pour ses explications détaillées.
- La Médiathèque Municipale de Douarnenez
pour ses ouvrages sur la ville.
- Mes deux conseillers techniques habituels, François Lange
et Pascal Vacher, tous deux commandants honoraires de la
police judiciaire, sans oublier l'OPJ Laurent Le Gallou,
pour ses indispensables précisions juridiques
relatives au déplacement de mes OPJ à Bordeaux...
- Mon épouse pour sa relecture passionnée ; Michèle Le Gall
pour son aide précieuse et, bien entendu, Delphine Hamon,
directrice d'éditions pour sa touche finale...
Comme pour chacun de mes ouvrages,
il m'est évidemment impossible de citer tous ceux
que j'ai approchés à un moment ou à un autre,
qui m'ont apporté leur contribution à divers titres
et qui se reconnaîtront...
Mes remerciements s'adressent à eux également.

L'effet papillon.

C'est une expression qui résume une métaphore concernant le phénomène fondamental de sensibilité aux conditions initiales de la théorie du chaos.

Wikipédia.

La vérité est indépendante des faits.
Il lui importe peu d'être réfutée,
elle se trouve toujours dépossédée
quand elle est proférée.

Balthazar. Lawrence Durrell.

Il n'existe pas à mon sens de vérité absolue.
Mais il y a les circonstances.

Mémoires de guerre. Charles de Gaulle.

I

Lundi 7 septembre.

Selon le directeur de la station de Météo France de Guipavas, l'été 2015 figurera au palmarès des six étés les moins ensoleillés depuis 1945. Tout au moins pour le Finistère où il est vrai qu'il n'avait pas été beau et semblait s'être arrêté aux portes du département, alors que la moitié sud de la France connaissait, elle, la canicule ! Phil et François avaient néanmoins su l'apprécier en compagnie de leur famille respective après cette harassante enquête dans le Trégor, bouclée juste avant la saison estivale[1].

Pour l'instant, aucun signe extérieur ne semblait vouloir les pousser loin de Quimper pour une nouvelle mission et ils s'en réjouissaient car ils avaient pu reprendre leur rythme habituel.

Phil avait accompagné Clémence pour sa rentrée en CE2. Et il avait utilisé sa dernière prime dans la

1. Voir Zones Blanches, *même auteur, même collection.*

concrétisation de l'un de ses rêves... l'achat d'une Porsche 911 Carrera 3.2 Targa de 1984. Il n'en était pas peu fier. Gwen avait repris son travail de cadre, adjointe de direction dans un grand cabinet d'assurances, dans lequel il n'était guère question de tracas ou de blabla ! Elle aussi était heureuse de rouler avec sa Coccinelle noire toute neuve.

François, lui, avait enfin trouvé l'occasion tant espérée d'acheter son pêche-promenade, lequel nécessitait quelques sérieux travaux et il imaginait le temps qu'il devrait lui consacrer... Il fut particulièrement ému de voir tous les copains rappliquer spontanément pour lui prêter la main afin de le remettre en état. Il avait beaucoup donné aux autres jusque-là, sa générosité était récompensée.

*

Ce matin-là, au coin pause-café, l'actualité reprenait le dessus. La photo du petit Aylan mort noyé sur une plage de Bodrum, l'un des hauts lieux du tourisme turc, continuait à choquer l'opinion. Chacun déplorait qu'il faille des images aussi bouleversantes pour que l'Europe comprenne la tragédie vécue par des immigrés syriens.

Contre toute attente, la première bonne surprise vint de l'Allemagne : « Merci Madame, merci d'avoir élevé le regard pour prendre la mesure du drame... ». Car, pendant ce temps-là, en Bretagne, les enfants de son âge jouaient toujours sur la plage en toute quiétude, sous le regard attendri des parents.

Madame Merkel venait simplement de rappeler ce qui constituait le fondement même de notre civilisation. « Les droits civils et universels étroitement liés à l'Europe et à son histoire… Si l'Europe échouait sur la crise des réfugiés, ce lien avec ses droits risquait d'être irrémédiablement cassé, détruit… » Mais l'Allemagne savait déjà que le sujet n'était pas si simple, que l'ouverture ne pouvait se faire totalement et sans limite. Une certaine opposition se faisait d'ailleurs jour dans son propre pays.

En attendant, c'était le pays qui devenait la terre promise, le pays de la liberté, mettant un répit entre l'égoïsme des riches et l'espoir des pauvres. Quels que soient les murs que l'on peut ériger, ils finissent toujours par tomber ; la volonté des hommes est plus forte que les pierres ou les clôtures de barbelés. Tel est le cas dans certains pays de l'Europe de l'Est.

— Notre histoire est en train de changer avec toutes ces populations qui bougent… soupira François au cours de la discussion qui animait le coin pause.

— C'est sûr, avec l'immigration nous jouons notre futur, économiquement et socialement, et pour le préparer il n'est qu'un seul chemin, celui de la solidarité ! précisa Phil.

— Je suis tout de même surpris par l'attitude de la Hongrie, de la Tchéquie, de la Slovaquie ou de l'Autriche même, qui ont vite fait d'oublier les deux fois deux cent cinquante mille personnes qui se sont réfugiées dans l'Europe libre après le coup de Prague de 1948, ainsi qu'après l'invasion des chars du pacte de Varsovie en 1968… s'agaça François.

— C'est vrai, acquiescèrent les collègues présents. L'un d'eux ajouta :

— Le 4 septembre s'est tenu à Prague un sommet des pays d'Europe centrale, Hongrie, Pologne,

République Tchèque et Slovaquie, dans lequel les quatre chefs d'État et de gouvernement ont rejeté l'idée de quotas de répartition et on se souvient de cette phrase inacceptable du premier ministre hongrois Orban : « L'afflux de réfugiés menace les racines chrétiennes en Europe… Nous ne voulons pas d'un nombre plus grand de Musulmans dans notre pays ».

Tandis que l'actualité était occupée ailleurs, en France, la politique des gouvernants continuait à figer le pays et à lui faire prendre du retard, avec un « Moi président, je… Moi je vais vous inverser la courbe du chômage… Moi je… Moi… Moi… ». L'immobilisme continuait, incapable de lancer les réformes nécessaires au pays pour qu'il retrouve la croissance et inverse réellement la courbe du chômage alors que tous les voyants étaient au vert : baisse historique du prix du baril de pétrole et, du coup, des matières premières, euro favorable et activité en progression dans tous les autres États y compris en Espagne ! Malheureusement, depuis longtemps en France, le souci des dirigeants ne se portait plus sur l'avenir de notre nation ; la seule question qu'ils se posaient était… comment faire pour gagner les élections suivantes… et préserver leur poste ainsi que la multitude d'avantages liés à celui-ci. Le pays restait ainsi tiraillé entre l'extrême droite où régnait une bataille intérieure d'ambition familiale du plus mauvais goût et l'extrême gauche, plus divisée que jamais, avec un représentant aussi disposé que la précédente formation à promettre tout et n'importe quoi à condition de soutenir sa bannière ! Quant à la position gauche-droite traditionnelle, on y retrouvait surtout des egos surdimensionnés, chacun ayant

« la solution » et se présentant en rassembleur... Bien évidemment, chacun d'entre eux défendait l'idée qu'il fallait se tenir derrière lui ou elle! Une fois de plus, juste des « Moi président je... Moi je... Moi... Moi... » mais pas de candidat capable de prendre sérieusement les rênes du pays, de mettre en place les réformes qui s'imposent et qui ne peuvent vraiment plus attendre, dans l'intérêt réel de tous les Français.

Pour les régionales qui approchaient, un ministre de gauche, et pas des moindres car il s'agissait du premier d'entre eux, évoquait l'idée d'un rassemblement droite-gauche pour faire face au FN au deuxième tour et l'empêcher de prendre une région.

Alors dans ce contexte, au sein de la population désabusée mais inquiète, de plus en plus de personnes imaginaient ou se mettaient à rêver d'un gouvernement d'union nationale, avec une madame Lagarde présidente, un Juppé et un Macron dessous, tous soucieux d'initier les changements nécessaires au pays. Un gouvernement qui rassemblerait gauche et droite, à égalité, pour remettre le bateau France sur la bonne voie du redressement et pour lui permettre de retrouver sa place au sein même de l'Europe et du monde! Un peu d'utopie ne faisait pas de mal, et après tout, pourquoi pas, si c'était la solution dans l'intérêt du pays et de tous ses citoyens? Cela simplifierait au moins le débat, et les bonnes décisions, dans l'intérêt général de la population, pourraient être prises comme un seul homme!

Sur Quimper et l'agglomération, les faits divers ne connaissaient pas d'augmentation et on constatait même leur baisse dans certains domaines.

Phil et François géraient donc le quotidien, pour une fois assez sereinement, très heureux d'être chez eux.

Ils apprirent dans l'après-midi qu'une patrouille de police avait pris en chasse, route de Douarnenez, un véhicule qui avait refusé de s'arrêter et avait filé en direction du centre-ville de Quimper. Le signalement précisait la présence de deux hommes à bord. La voiture de la patrouille était restée bloquée quelques secondes de trop dans la circulation suite à la manœuvre d'un poids lourd ; elle avait ainsi perdu de vue celui des fuyards, rue du Préfet Colignon.

Phil et François contactèrent aussitôt les équipes sur le terrain afin de déclencher l'état d'alerte pour que des collègues puissent les prendre en chasse ou les interpeller à différentes sorties de la ville…

Mais ces dispositions furent rapidement inutiles, car moins d'un quart d'heure plus tard, Phil et François apprenaient que le véhicule s'était encastré dans un angle de mur en pierre, tout au bout des allées de Locmaria. Le côté chauffeur avait tout pris et les secours avaient été appelés pour désincarcérer la victime tandis que des passants aidaient le passager à s'extraire. Celui-ci avait été protégé par sa ceinture et les airbags ; il semblait simplement commotionné…

Ayant repris ses esprits, et profitant de la pagaille et de l'émotion créées, l'homme s'était discrètement enfui à pied, avant l'arrivée de la police, en disparaissant dans une venelle. Aucun des témoins, occupés par l'approche des secours, n'avait eu le réflexe de le retenir ni de lui courir après.

Phil et François se présentèrent un peu plus tard, tandis que les pompiers poursuivaient leurs manœuvres de désincarcération du chauffeur, visiblement très mal en point.

La voiture était vraiment dans un drôle d'état, le côté conducteur paraissait broyé.

Les deux policiers à l'origine du signalement rejoignirent Phil et François et leur apprirent que ce véhicule avait été volé à Quimper sur le parking de la gare, la semaine précédente, selon un dépôt de plainte datant de vendredi soir. Ils venaient d'en relever le kilométrage afin d'estimer la distance parcourue depuis le vol.

Le chauffeur put enfin être pris en charge et dirigé vers l'hôpital. Le médecin leur annonça que le pronostic vital était engagé. Restait à établir les constatations d'usage avant de laisser les équipes travailler.

Fait surprenant, la voiture volée était très ordinaire, sans doute choisie pour sa facilité à être dérobée, ce qui laissait à penser que les voleurs n'étaient pas des professionnels. Quel usage comptaient-ils en faire, notamment sur Quimper… pratiquement sur les lieux du vol ?

Appelé au commissariat, le propriétaire de la voiture ne leur apprit rien de significatif, sinon qu'il s'était absenté pour une semaine de stage et qu'à son retour, le vendredi précédent, il avait constaté la disparition et avait porté plainte au commissariat. Elle avait donc été volée entre le lundi matin et le vendredi soir, élément qui n'apportait rien de plus à l'enquête.

— En connaissiez-vous le kilométrage ?

— Pas précisément, juste l'ordre de grandeur.

En comparant celui-ci au chiffre relevé, François considéra qu'ils n'avaient pas dû parcourir une grande distance, tout au plus une centaine de kilomètres, estima-t-il.

Il ne leur restait qu'à attendre le retour des renseignements sur le conducteur hospitalisé qui s'appelait Marc Kérivel. Il faudrait ensuite tenter de retrouver l'identité du passager pour en apprendre davantage. La police technique et scientifique passait la voiture au peigne fin, peut-être serait-elle en mesure de leur apporter davantage d'informations.

II

Mardi 8 septembre.

Phil et François, en avance comme d'habitude, étaient impatients d'avancer sur l'affaire de la veille.

Ils apprirent que Marc Kérivel, le conducteur, avait succombé à ses blessures durant la nuit. Son identité permit de découvrir un casier judiciaire au palmarès éloquent : vols en réunion, association de malfaiteurs, trafics de stupéfiants... Il n'avait que trente-deux ans et en avait déjà passé près de dix derrière les barreaux pour ces divers délits. Sorti de prison deux semaines plus tôt, il résidait dans les HLM du quartier de Pouldavid à Douarnenez. Selon les éléments du dossier, il était connu pour sa volonté farouche de commander et de vouloir tout diriger, y compris depuis la prison.

La police technique et scientifique n'avait pas perdu de temps : des empreintes digitales recueillies dans la voiture accidentée, côté passager, permettaient de penser que l'homme en fuite était, lui aussi, connu des services de police pour des faits similaires ! Ce dernier, Jean-Pierre Kermerrien, trente-cinq ans, avait également séjourné une dizaine d'années derrière les barreaux. Libéré un peu plus d'un mois auparavant, il était censé résider dans les HLM du quartier de Kermarron à Douarnenez, éloigné de quelques centaines de mètres à vol d'oiseau de Pouldavid. Cerise sur le gâteau, de la drogue avait été découverte dans la voiture et pas n'importe laquelle : deux kilos de cocaïne d'une très bonne qualité ! Rien d'autre de compromettant, pas d'argent liquide, pas d'arme ni de téléphone mobile.

— Ils sortent de prison, n'ont pas de boulot, pas d'argent et déjà ils se trimballent avec de la drogue ! Si on prend les indications de prix de l'OFDT[2], le gramme tourne autour de soixante-dix euros, ce qui représente cent quarante mille euros tout de même ! Et je ne crois pas une seconde que des trafiquants leur aient fait crédit, s'agaçait François, contemplant la fenêtre, le regard lointain, en pleine réflexion.

— Non, mais ils pouvaient être simplement mandatés pour effectuer la distribution aux petits dealers, répondit Phil, alors qu'il s'emparait des informations pour entrer les renseignements sur son ordinateur. Au bout de quelques minutes, il s'exclama :

— C'est bien ce que je pensais, ils étaient ensemble en prison !

— Ils n'ont pas perdu de temps pour se retrouver et reprendre du service ! râla François, finalement peu surpris par ce renseignement. Bon, eh bien, il n'y a plus qu'à lui mettre la main dessus et à le faire parler !

---

2. *Observatoire Français des Drogues et des Toxicomanies.*

À cet instant, le commissaire se présenta à la porte du bureau, les mains chargées de feuillets :

— Le procureur n'a pas traîné. François, tu es nommé directeur de l'enquête. Dès hier soir après votre départ, on connaissait le profil du conducteur. Ça sent le gros trafic à plein nez avec en perspective un démentèlement de réseau. Mais, étant donné la matière récupérée dans la voiture accidentée, on ne joue pas aux cow-boys ! J'ai appelé le commandant de la BTA[3] de gendarmerie de Douarnenez, vous allez les voir. Je mets aussi à votre disposition un binôme supplémentaire pour vous accompagner et vous allez me le cueillir !

— D'accord, c'est parti, on plie nos affaires et on y va !

— Le commandant vous attend à la gendarmerie, bon courage et tenez-moi informé.

Sans tarder, les deux voitures prirent la route, direction Douarnenez.

En passant à la Croix Neuve devant le dancing *Le Moulin*, situé sur la commune du Juch, à la limite de celle de Plonéis, caractérisé par la présence d'un réel avion, un Constellation dont on apercevait une partie de l'avant au-dessus de la haie.

François ne put s'empêcher d'évoquer quelques souvenirs :

— Quand je passe ici, ça me rappelle ma jeunesse, lorsque je venais danser le samedi soir !

— « *Saturday night fever* », disaient les Bee Gees, lança Phil en lui adressant un grand clin d'œil.

— Ouais, ou « *samedi soir sur la terre* » plus humblement comme a repris bien plus tard Cabrel !

3. *Brigade Territoriale Autonome.*

C'était toute une époque avec de bons groupes. *Le Moulin*, c'était une institution de la vie nocturne locale des années 70-80... Mais tout ça, c'est fini, les jeunes ne savent plus s'amuser aujourd'hui ! conclut François en soufflant, jamais à court de sentences définitives.

— Houlala, crise de nostalgie chez papi François, on dirait ! Le dancing marche toujours ?

— Non, j'ai lu récemment dans la presse qu'il venait d'être fermé... on aimait bien les virées par ici... mais tout cela... c'était au siècle dernier ! dit-il en souriant et en se tournant franchement vers Phil.

— Eh oui mon vieux, le temps passe ! Place aux générations suivantes ! D'autres dancings de ce genre ont-ils résisté à ce jour dans la région ? Personnellement, je n'aimais déjà plus ces immenses salles, je préférais l'intimité des petites boîtes...

— Il n'en reste plus beaucoup. Il y a encore *Le Point de vue* à Laz qui, avec plusieurs petites salles séparées, a su proposer des animations adaptées pour chaque catégorie d'âge.

— Ah oui, je m'en souviens, nous en avions parlé et avions été sur place lors d'une enquête qui se déroulait par là-bas[4].

Très rapidement, ils arrivèrent à Douarnenez et se rendirent à la gendarmerie rue Duguay Trouin. Celle-ci faisait l'angle avec la rue Berthelot. Le bâtiment, grand, sur deux niveaux avec un toit plein, sans ouverture sur la rue, était surmonté d'une longue antenne. Les murs, recouverts d'un crépi jaune-ocre, les huisseries, blanches derrière des barreaux bleus et, surprenant, de nombreux tags sur le

---

4. *Voir* Lanterne rouge à Châteauneuf-du-Faou, *même auteur, même collection.*

mur à hauteur du trottoir de chaque côté de la borne d'un arrêt de bus placé côté rue Duguay Trouin, lui donnaient un air austère. Seule l'enseigne tricolore de la gendarmerie permettait de reconnaître l'affectation de cet immeuble.

Le commandant de la BTA les reçut aussitôt et leur fit savoir qu'il tenait à l'œil plusieurs individus dans les quartiers de Pouldavid et Kermarron tout en y surveillant aussi quelques cas sociaux.

— Ils doivent se passer le mot, car plusieurs individus fichés pour des petits délits ou des trafics de stupéfiants s'y retrouvent. Ils viennent même jusqu'à nous narguer lorsque l'une de nos patrouilles y circule. Marc Kérivel et Jean-Pierre Kermerrien sont bien connus de nos services, ils sont un peu plus durs que les autres et ils sont de retour chez eux, après leur séjour en prison. D'ailleurs, on s'attendait à ce qu'un petit trafic se remette en place assez rapidement dans leur quartier...

— Bien, on va récupérer celui qui s'est fait la malle après l'accident ? demanda François.

— D'accord, une de mes équipes va vous accompagner, mais je ne me fais aucune illusion, ce type n'est pas en train de nous attendre tranquillement dans son appartement ! Ils sont plusieurs par logement et tous solidaires pour se couvrir entre eux... Enfin, vous arriverez peut-être à glaner une info... Pour moi, ce type doit être momentanément hébergé ailleurs et bien protégé par des collègues.

— On verra bien... On y va !

Quelques minutes plus tard, ils arrivèrent dans le quartier de Kermarron et frappèrent à la porte indiquée. Elle s'ouvrit sur un jeune homme un peu déjanté, les yeux rougis. Avec un geste fébrile, il leur répondit qu'il était seul. Il n'avait pas revu Jean-Pierre Kermerrien depuis deux jours.

Il ne s'opposa pas à ce qu'ils fassent le tour de l'appartement pour constater qu'il était bien inoccupé et qu'éventuellement, personne ne s'était éclipsé. Pas besoin de fouiller pour se rendre compte que le logement ne présentait aucune anomalie. Situé au troisième étage, il n'offrait pas de sortie possible par les fenêtres toutes fermées et sans balcon.

François interrogea l'homme présent qui lui joua son numéro. Naïvement, la main sur le cœur pour tenter de donner une apparence de bonne foi et l'air très sérieux, il lui expliqua qu'il voulait s'en sortir et cherchait du boulot activement tout comme ses deux autres amis alors absents. Il leur précisa qu'ils étaient quatre locataires dont il donna l'identité.

Bien entendu, ceci fit sourire le gendarme qui les accompagnait. Le jeune homme devant eux surenchérit :

— Non, sincèrement, je vous assure que je sais pas du tout ce que fait Jean-Pierre, il nous a dit qu'il allait se battre pour rentrer dans le rang et espérait des rendez-vous sur Quimper pour un travail… Peut-être qu'il a trouvé quelque chose et que c'est pour ça qu'on l'a pas revu ?

Il n'y avait rien à espérer de cet homme disposé à raconter n'importe quoi. Aucun des policiers n'était dupe de la situation. Lorsqu'ils regagnèrent leur voiture, le gendarme leur confia que ces types leur servaient toujours la même rengaine. Et bien sûr, ils ne savaient jamais rien et prétendaient toujours être devenus *clean* et tenaient plus que tout à s'en sortir pour ne plus retourner en prison, et tourner la page…

— Ils utilisent toujours les mêmes phrases types, ce même langage appris par cœur à leur sortie de prison suite à des échanges avec des personnes chargées de leur réinsertion. Car c'est celui qu'ils doivent tenir pour obtenir des remises de peine. Cependant, il faut reconnaître qu'à la première rencontre, on pourrait les croire sincères. Hélas, la réalité est tout autre. Dès qu'on a tourné le dos, ils rigolent de nous avoir bien baladés avec leurs sornettes et là, en ce moment, ce type est en train d'avertir tous les copains de notre visite !

— Pas marrant tout ça et malheureusement banal… se contenta de répondre François, en hochant les épaules.

— Dans ce milieu, oui, très peu s'en sortent véritablement et ceux-là, justement, ne restent pas avec eux, mais essaient de se refaire, loin de ces groupes. Ils savent d'une façon certaine que sinon ils vont replonger dans la première combine de merde qui se présentera ! Le cas de Jean-Pierre Kermerrien est la preuve absolue de ce qui se passe… qui consiste à vouloir faire du fric très vite tout en prenant tous les risques. Ils n'ont rien à perdre et tant pis s'ils retournent en prison. La drogue est le premier levier et le plus rapide, s'ils réussissent un coup ou deux, ils ont à nouveau un peu d'argent et là c'est reparti ! Alors, pourquoi aller bosser ? Ce n'est certes pas la majorité des anciens détenus, loin de là, mais dans ces deux quartiers en particulier nous en avons quelques-uns qui ne travailleront sans doute jamais plus. Je veux dire légalement.

— Vous avez une idée de la provenance de cette drogue qui a été saisie dans le véhicule accidenté ?

— Aucune, elle peut venir de n'importe où. Avec une bonne voiture, si on roule de jour et de nuit, on a vite fait de traverser la France et de s'approvisionner auprès de ceux qui détiennent les marchés. Et pour ça, la case prison leur permet de se constituer des réseaux, malheureusement.

— Ouais... Eh ben, on n'est pas rendus !

— Je vous conduis à l'adresse de l'autre gars, Marc Kérivel, ce n'est pas très loin, aux HLM de Pouldavid. La ria de Pouldavid était la frontière qui séparait Douarnenez de Tréboul à une époque ! C'est aussi là qu'est installé le Port-Rhu d'ailleurs...

— Oui je connais, répondit François.

— Il doit y avoir sept bateaux à quai dont quatre que l'on peut visiter, il me semble...

— Bon, allez, on vous suit, enchaîna François... On ne dit pas que le type est mort, mais juste blessé dans un accident, question d'ouvrir un peu et de laisser circuler cette info !

Et là, même « copier coller » qu'à Kermarron à l'attention de la police... Personne n'avait rien vu ni rien entendu au sujet de leur collègue qui n'avait pas été aperçu depuis deux jours. François leur annonça qu'il avait eu un accident sans en préciser la gravité et demanda :

— L'auriez-vous vu en compagnie de Jean-Pierre Kermerrien ces derniers temps car ils étaient souvent ensemble, je crois ?

— Qui ? On connaît pas, et on sait pas ce que peuvent faire les uns ou les autres une fois qu'ils sont sortis de cet appartement.

— Selon vous, seraient-ils partis ensemble en voiture ?

— Aucune idée, je viens de vous le dire. On savait même pas qu'il en avait une...

Les policiers se rendaient bien compte que leurs interlocuteurs devaient rigoler intérieurement. Inutile d'insister, ils n'en tireraient rien. Ils demandèrent à l'autre binôme de rentrer à Quimper et tous deux revinrent à la gendarmerie.

Peu après, le commandant écoutait François lui rendre compte de leurs visites. Celui-ci se contenta de leur répondre qu'il s'attendait évidemment à cela.

— Pendant votre absence, j'ai fait lancer un mandat de recherche contre Jean-Pierre Kermerrien et j'ai communiqué son signalement à toutes mes équipes ainsi qu'à celles de toutes les gendarmeries du secteur. Il n'y a plus qu'à attendre... De toute façon à un moment ou à un autre, il réapparaîtra...

Histoire de s'imprégner des lieux, Phil et François firent un petit tour de ville avec leur voiture banalisée. Ils regagnèrent les halles pour descendre ensuite sur le port du Rosmeur qu'ils longèrent. Sous le beau soleil rayonnant, les quais gardaient leur air estival avec des terrasses occupées et beaucoup de promeneurs. Ils revinrent vers le port de pêche. Ce dernier était calme et le long du quai, les nombreux pêcheurs, les yeux rivés sur leur bouchon, ne se souciaient guère de ce qui pouvait se passer autour d'eux.

La rue les conduisit rapidement au Port-Rhu. La médiathèque et le Port-Musée étaient installés dans un même bâtiment peint en bleu clair. Cette dernière était installée dans les étages tandis que le Port-Musée de Douarnenez occupait le rez-de-chaussée, situé au fond de la place de l'Enfer. Celui-ci était consacré aux bateaux et aux hommes, de Bretagne et d'ailleurs, véritable invitation au voyage à travers les cultures maritimes. Un peu plus loin, une immense longueur de chapiteaux bordés de barrières métalliques portant des banderoles retint l'attention de Phil :

— Y a-t-il quelque chose de prévu ou ces installations sont-elles là toute l'année ?

— Il s'agit du village de la Mini-Transat Îles de la Guadeloupe. C'est la vingtième. Elle a été créée en 1977 par Bob Salmon et a lieu tous les deux ans, les années impaires… Tu n'as rien lu sur cet événement dans les journaux ces jours-ci ? lui demanda François surpris.

— Bof, tu connais mon avis sur les bateaux, que ce soit à moteur ou à voile, ce n'est pas ce genre de sport qui m'intéresse dans le quotidien… Il vaut mieux me parler voiture et grand prix de Formule 1 !

— Je sais bien, mais tu n'imagines pas ce que tu rates ! L'inauguration aura lieu vendredi prochain, 11 septembre, pour un départ le samedi 19. J'espère pouvoir venir avec Paulette et nos copains de Concarneau, si rien ne s'y oppose dans notre sacré boulot…

— Tu viendras avec ton bateau ?

— Non, il ne sera pas encore prêt…

— C'est une grande épreuve ?

— La course est une traversée en solitaire sur un bateau de six mètres cinquante, ils seront soixante-douze skippers à prendre le départ, pour un parcours de quatre mille vingt milles, soit près de six mille cinq cents kilomètres si tu préfères !

— Oui, effectivement, je vois mieux ce que cela représente ! Mais ils n'ont peur de rien, ce n'est pas de la rigolade tout de même cette traversée sur un petit bateau !

— La course se déroule en deux étapes. La première du Port-Rhu jusqu'à Lanzarote, une île des Canaries…

— Là je connais ! Pas besoin de faire de la voile pour savoir ça ! réagit Phil en riant. Au fait… en passant, et cela n'a rien à voir avec ce que tu es en train de dire, que signifie le mot Douarnenez ?

— Ça y est, tu veux commencer à maîtriser le breton maintenant ?

— Je m'amuse de plus en plus et Gwen me pousse beaucoup, mais je n'en suis encore qu'aux mots essentiels… comme *bara* pour le pain, *dour* pour l'eau, *gwin* pour le vin, *mad* pour bon, tu vois…

— Ça vient de *Douar an Enez*, Terre de l'Île…

— D'accord, j'ai déjà rencontré le mot *Enez* plusieurs fois, maintenant je comprends, je sais que ça veut donc dire île ; par contre *menez* c'est le mont, c'est bien ça ?

— Oui, tout à fait, bravo ! Pour en revenir aux bateaux, sur la deuxième étape, départ des Canaries le 31 octobre pour rallier Pointe-à-Pitre, en Guadeloupe. C'est une course réputée, où seront présents une quinzaine de nationalités de skippers dont plus de la moitié seront français, et je crois avoir lu dans la presse qu'il y aurait soixante-huit hommes et quatre femmes. Il n'y a pas de grand favori cette fois, je veux dire un nom qui sorte vraiment du lot, mais c'est une transat incontournable pour des générations de coureurs au large comme Lionel Péan, Loïck Peyron, Bernard Stamm, sans oublier le Concarnois Roland Jourdain, bien sûr!

— Ah, toi, que deviendrais-tu sans Concarneau! Mais en attendant, cela ne va pas nous arranger pour notre enquête s'il y a une forte animation en ville. Avec cette course au large, ça va bouger à Douarnenez!

— Oui, c'est sûr que dans la foule, ce ne sera pas évident de retrouver notre lascar.

— C'est la seule grande épreuve de voile à Douarnenez?

— Non, il y a aussi tous les ans, au mois de mai, le Grand Prix Guyader, créé en 2000; mais à cette occasion, outre la voile, il y a aussi diverses activités telles que le paddle, le kayak, même la pêche à la ligne... Et puis, la baie de Douarnenez est exceptionnelle, classée parmi les plus belles baies du Monde! Il faut venir te balader par ici le week-end avec Gwen et Clémence. Quand tu vois toutes ces voiles avec un temps magnifique comme aujourd'hui, c'est à couper le souffle... Avec ce ciel et la mer d'un bleu...

Le regard de François se perdit soudain dans le vague et son esprit se mit à vagabonder...

— Oui, je n'en doute pas. Pour ma part je me demande toujours comment ils font pour tenir tout ce temps en mer sur de si petits bateaux... Et la vie qu'ils ont à bord?

— Il y a plusieurs paramètres. Ils doivent savoir gérer l'énergie avec panneaux solaires et groupe électrogène, en ménageant bien entendu leur consommation. C'est un peu comme les alpinistes de haute montagne: il faut réduire le poids au minimum, savoir dormir dans des conditions plus que précaires pour récupérer un peu. À bord, ce n'est pas le grand luxe et, de ce fait, cela oblige à une démarche qui enrichit le quotidien et devient passionnante pour le développement personnel des skippers ! En fait, tout se passe entre défi et plaisir !

— Plaisir, je me demande bien, car ils doivent le faire sans outil de communication avec l'extérieur, sans ordinateur, aucun échange téléphonique possible…

— Non, seules quelques rares conversations sont autorisées à la radio VHF dont la portée est très limitée…

— Un peu rétrograde par rapport à la technologie moderne tout de même !

— Sûrement, mais c'est aussi comme ça qu'on forme les marins, c'est un marchepied pour la grande course au large ensuite comme la course Jacques Vabre bientôt et, même si la filière Figaro a peut-être pris le dessus désormais, nul doute que parmi les skippers au départ de cette Mini-Transat, on en retrouvera plus d'un également dans d'autres disciplines plus tard !

— Tu as quelques favoris dans le lot ?

— Je verrais bien Charly Fernbach sur *Le Fauffiffon-Hénaff*, Thomas Guichard sur *Carrefour*, Davy Beaudart sur *Flexirub*, pour n'en donner que trois, à voir, car tout dépendra des conditions météorologiques tout de même ! D'autres peuvent créer la surprise comme Julien Pulvé sur *Novintiss*, Axel Tréhin sur *Aleph-Racing* ou encore Frédéric Denis sur *Nautipark*… Mais laissons-les tout de même partir avant de commencer à parler de l'arrivée !

La voiture venait d'emprunter le boulevard du Général de Gaulle pour ensuite sortir de la ville.

— En dehors de la voile et de la pêche, il y a autre chose à Douarnenez ? demanda Phil pour changer de sujet.

Cette fois, François se lâcha une nouvelle fois :

— Bien sûr, la folie du carnaval des Gras, pendant cinq jours en février !

— Il y a un carnaval, ici ?

— Plus que ça ! Les Gras de Douarn' c'est du délire ! Tous les ans, un individu que l'on appelle le *Den Paolig*[5] est intronisé.

— Ils ont le sens de la fête alors !

— Depuis longtemps ! C'est une tradition bien ancrée ici. D'ordinaire, les Gras de Douarn' brocardent publiquement une personnalité locale ; cette année c'était un grand absent qui était incarné : l'anesthésiste de l'hôpital. Car il est très difficile d'en trouver un pour l'hôpital de Douarnenez, ce qui menace le service de chirurgie ambulatoire. La ville mène une lutte pour le maintenir. D'où le choix du *Den Paolig* de cette année, qui s'appelait d'ailleurs *Jean Daurissi*[6]. Du coup les Gras servaient de porte-voix de l'hôpital de Douarnenez !

— Concrètement, cela se passe comment ?

— Tu veux dire le déroulement des Gras ?

— Oui et celui que tu appelles le Den Paolig.

— Pour te donner une idée, il était représenté dans un camaïeu de vert en papier mâché de trois mètres de haut, masque à oxygène en bandoulière et grosse seringue dans les bras. Il a été baladé dans

5. *Le Bonhomme du Carnaval.*

6. *Jeu de mots avec « j'endors ici ».*

le centre-ville avant d'être suspendu au fronton des halles. Il était escorté de quelques jolies *Penn Sardin* déguisées en infirmières !

— Des *Penn Sardin* ?

— Oui, *Penn Sardin*, qu'il faut prononcer *pène sardine*, « Tête de sardine », qui est le nom donné à la population de Douarnenez depuis au moins le XVIIIe siècle ! Par extension, il deviendra également celui de la coiffe des femmes de ce port de pêche.

— Et il y a du monde ?

— Il faut savoir que c'est LA fête de l'année à Douarnenez, c'est la foule !

François était intarissable sur ce sujet, tandis que la voiture filait en direction de Quimper.

Lors de moments de silence, Phil repensait à cette course de voiliers avec ces marins sur leurs frêles monocoques de six mètres cinquante qui partiraient bientôt pour une traversée tonique et initiatique ; car la Mini-Transat, et Phil l'avait bien compris, n'avait de mini que le nom de la classe et la taille des bateaux auxquels elle s'adresse…

III

Mercredi 9 septembre.

Lors de la réunion du matin avec le commissaire Yann Le Godarec, ils abordèrent bien sûr l'accident de voiture suivi de la disparition du passager. L'affaire ne s'avérait pas simple à élucider. Si le profil des deux personnages était clair, tout le reste autour d'eux restait plus que flou pour Phil et François.

Vers dix heures, un appel de la gendarmerie de Douarnenez leur annonça qu'un homme qui ressemblait fort à Jean-Pierre Kermerrien venait d'être découvert dans une benne à ordures sur le port de Douarnenez non loin de la criée et des bureaux de la CCI[7]. L'un des nombreux pêcheurs à la ligne sur le port l'avait trouvé en venant y déposer quelques déchets. La victime ne portait aucun papier d'identité.

Selon le technicien d'investigation criminelle de proximité de la brigade de Douarnenez, l'homme

---

7. Chambre de Commerce et d'Industrie.

avait été tué par balle. De ce fait les TIC de Rennes venaient d'être sollicités et ce serait Nathalie Le Bourgeois-Godard qui serait dépêchée avec son équipe. Phil et François la connaissaient bien pour l'avoir croisée dans de nombreuses enquêtes, que ce soit à Vannes, Rennes, Auray ou encore plus récemment à Lannion. Elle arriverait en fin de matinée.

Le temps pour nos deux OPJ de rendre compte au patron, d'évacuer quelques paperasses et ils prenaient la route de Douarnenez.

*

Des gendarmes tentaient de contenir les nombreux curieux dans la rue étroite qui longeait le pignon de la criée et décidèrent, à cet instant, de la fermer complètement à la circulation ; seuls, les professionnels et usagers du port seraient autorisés à passer.

En les voyant arriver, le commandant de gendarmerie vint à leur rencontre :

— Il ne fait aucun doute qu'il s'agit bien de votre homme, Jean-Pierre Kermerrien. La légiste, le docteur Sandrine Feunteun, que vous connaissez d'ailleurs m'a-t-elle dit, vient de repartir, elle m'a chargé de vous passer le bonjour.[8]

— J'étais occupé au téléphone à ce moment-là, mais elle s'est confiée aux TIC de Rennes qui sont déjà au travail, on en saura un peu plus tout à l'heure sans doute.

— Oui, effectivement, le tout sera de découvrir ce que ce type a fait entre sa fuite de Quimper et

---

8. *Voir* Sans broderie ni dentelle, *même auteur, même collection.*

son arrivée dans cette benne parce que, désormais, aucun occupant de la voiture ne pourra parler et, au vu de l'environnement particulier de ces individus, je crains qu'on ne soit pas près d'obtenir des informations précises !

Le témoin qui avait donné l'alerte fut présenté à Phil et François. Il déclina son identité et leur livra sa version des faits.

— Je viens très souvent pêcher sur le port, presque tous les jours à cette époque, ça mord bien et je fais de belles prises. Je suis à la retraite et j'aime venir ici car c'est toute une ambiance… Nous sommes parfois plusieurs dizaines, et puis il y a la vie du port avec ceux qui y travaillent, les chalutiers qui arrivent, qui partent…

L'homme semblait disposé à raconter sa vie, François y mit un terme rapidement tandis que Phil prenait quelques notes.

— À quelle heure êtes-vous arrivé ?

— Vers neuf heures.

— Avez-vous remarqué quoi que ce soit d'inhabituel ? Un individu que vous ne connaissiez pas, un véhicule qui aura attiré votre attention, un détail quelconque qui mérite d'être signalé ?

L'homme fit appel à sa mémoire, tout en regardant autour de lui, avant de répondre :

— Non. Rien de spécial. Pour moi, tout était normal.

— Racontez-nous les circonstances de votre découverte.

— J'ai vidé un sac en plastique d'appâts et terminé un petit casse-croûte que j'apporte toujours. Je suis tout simplement allé jeter les emballages dans la benne que vous voyez là. Le couvercle fermait mal, alors j'ai voulu voir ce qui le coinçait. En fait c'était le dos d'un type qui avait été déposé là sur les ordures. Je ne voyais pas sa tête ni ses pieds car les immondices montaient plus haut au milieu. Quand j'ai vu ça, j'ai laissé retomber le couvercle et j'ai couru à toute vitesse jusqu'au coin, là, aux bureaux de la CCI, vous voyez le petit panneau, et une personne a tout de suite appelé la gendarmerie qui est arrivée très rapidement. Voilà, c'est tout…

— Si quelque chose vous revenait, surtout vous n'hésitez pas à nous le signaler, voici nos cartes. Un détail, même anodin pour vous, peut nous mettre sur une piste…

L'homme prit leurs cartes de visite et resta songeur quelques instants en les lisant, un peu sonné par cet événement qui le touchait.

Phil et François le quittèrent et, en passant devant les TIC, adressèrent un petit signe à Nathalie qui s'activait dans sa tenue de cosmonaute, lui faisant comprendre qu'ils se verraient plus tard, mais elle tint à venir échanger quelques mots.

— Cela peut vous intéresser… Selon la légiste le meurtre a eu lieu cette nuit, pour l'instant disons dans une fourchette allant de une heure à trois heures, et le corps a sans doute été déposé ici peu de temps après, mais je vous en dirai davantage plus tard…

— D'accord, merci, c'est déjà intéressant !

Les deux OPJ se rendirent au bureau de la CCI, où la personne au rez-de-chaussée confirma les propos du pêcheur : elle avait pris son service à huit heures et n'avait rien remarqué d'anormal non plus.

Elle leur proposa de rencontrer le directeur qui avait son bureau à l'étage.

Tout au fond d'une grande pièce dont un espace devait servir de salle de réunion, un homme s'activait sur son ordinateur grand écran. À leur arrivée, le directeur du port de pêche de Douarnenez se montra accueillant et fort sympathique. Au cours de leurs premiers échanges, il leur confia ses origines concarnoises, ce qui permit d'établir une excellente relation avec François, toujours très bavard, voire prolixe lorsqu'il s'agissait de parler de Concarneau! Les fenêtres du bureau donnaient directement sur le port. Au mur, derrière lui, un dessin industriel représentait le port de Douarnenez. Une fois annoncée la compassion de rigueur sur la circonstance macabre, François lui demanda:

— Que s'est-il passé ici, à cet endroit du port, depuis hier?

— Il y a juste un chalutier espagnol qui est arrivé hier matin. Il a débarqué sa pêche, a fait son avitaillement dans la journée et est reparti ce matin à huit heures. En ce moment, il doit être sorti de la baie de Douarnenez. Attendez, je vais vous montrer sur l'écran qui me permet de suivre tous les mouvements des navires. Là, vous voyez c'est lui, il a une balise, obligatoire désormais, il se dirige vers le sud de l'Irlande pour pêcher de la lotte et d'autres espèces nobles comme la cardine, la raie, le cabillaud, le Saint-Pierre, essentiellement.

— Un chalutier espagnol... Je ne comprends pas, que vient-il faire ici à Douarnenez?

— Ce sont des accords qui datent de nombreuses années. Il y a des armements espagnols qui achètent des chalutiers français pour avoir les quotas de pêche... Vous savez les quotas de Bruxelles par pays européen !

— Oui, oui, nous avons appris le principe et connaissons un peu le sujet[9].

— Eh bien, ce bateau est la propriété d'un armateur espagnol, l'équipage est espagnol sauf le patron qui, lui, est français. Il est immatriculé dans le port d'Hendaye, quartier maritime de Bayonne. Le poisson qu'il ramène est débarqué ici, à cet endroit même. Parfois certaines espèces comme le Saint-Pierre ou le cabillaud restent en France et prennent la direction de la criée de Concarneau pour la vente tandis que les autres sont toujours acheminées via des camions espagnols jusqu'à Vigo... Parfois certains bateaux sont immatriculés en Espagne, mais cela ne change rien, le principe est le même.

— Ce n'est pas à côté, dites donc !

— Non, deux jours de trajet ! Soit uniquement par la route ; soit les camions embarquent à Saint-Nazaire sur les ferries en direction de Gijon en Espagne. Ensuite, il ne reste plus beaucoup de route pour se rendre à Vigo tout près de la frontière portugaise, les chauffeurs ayant pu dormir pendant le trajet maritime. C'est aujourd'hui un très grand port international européen, leader sur le plan de la pêche mais aussi pour le commerce par sa zone franche. D'ailleurs, Citroën y a ses usines et ses voitures peuvent partir dans le monde entier à partir de là-bas, par exemple...

— Mais c'est complètement incroyable !

Phil confirma également son ignorance, d'un hochement de tête.

---

9. *Voir* La Demoiselle du Guilvinec, *même auteur, même collection.*

— Si je comprends bien, il y a donc un commerce permanent entre Vigo et Douarnenez, par le biais des camions qui font la navette, et d'un autre côté, entre l'Irlande et Douarnenez par les mouvements de chalutiers…

François se tourna vers Phil et chacun pensa la même chose… Cette activité avait-elle un rapport avec leur affaire ?

— Oui, c'est bien ça, répondit le directeur.

— A-t-on également la possibilité de suivre les camions par balise comme pour les bateaux ?

— Non, je sais seulement que les camions sont partis avec la pêche du chalutier qui a repris la mer, la cargaison est prévue à la vente à Vigo dans deux jours, vous voyez c'est inscrit ici sur mon écran…

Phil et François s'approchèrent mais, contrairement au bateau que l'on pouvait suivre en temps réel dans son déplacement, il n'y avait rien sur les camions, seulement l'indication de leur arrivée présumée pour la vente à Vigo inscrite dans une case d'un tableau.

— Vous n'avez donc aucun moyen de contrôler ces véhicules, que ce soit par la route ou par la mer ?

— Non. Depuis les accords sur l'Espace Schengen, les frontières des vingt-six pays concernés sont ouvertes, tout va-et-vient comme ça…

— Ils viennent à vide chercher le poisson ?

— Non, ils ramènent les caisses vides qui vont être chargées sur les bateaux, certains équipements techniques parfois pour le bord, un peu d'avitaillement spécifique aussi, de la nourriture par exemple.

— Combien de chalutiers ont cette activité avec le port de Douarnenez ?

— Une dizaine, avec une rotation de douze jours… Douarnenez s'affirme comme la base avancée idéale, sans contrainte de marée, pour ces hauturiers qui font entre trente-deux et trente-sept mètres de long et qui travaillent au sud de l'Irlande.

— Eh bien, merci. Nous venons d'apprendre l'existence de cette activité qui n'a rien de marginal effectivement pour le port de pêche de Douarnenez.

— Il n'y a aucun secret sur ce que je viens de vous dire, vous pouvez aussi vérifier tout cela sur Google… Si vous avez besoin d'informations plus précises ou plus techniques, n'hésitez pas à revenir me voir ou à m'appeler.

— Pensez-vous que l'un des hommes d'équipage ou l'un des chauffeurs puisse être impliqué dans un trafic douteux de stupéfiants par exemple et être éventuellement concerné par ce meurtre ?

— Je ne peux l'imaginer une seule seconde, pas plus que pour n'importe quel travailleur du port, quelle que soit son origine. Ici le travail est dur et la vie est une chose trop importante… Non, ce n'est pas de ce côté qu'il faut chercher, pour moi ce meurtre n'a rien à voir avec la vie ici dans notre activité quotidienne.

— On l'a pourtant retrouvé là dans une benne à ordures !

— Oui, mais cela ne prouve rien.

— C'est vrai…

Ils échangèrent leurs cartes, se promettant de garder le contact selon l'évolution du dossier.

Phil et François empruntèrent l'escalier pour revenir au rez-de-chaussée et retrouvèrent le contexte bien particulier et exceptionnel de cet endroit. Les

TIC ayant terminé leur premier travail sur le corps, celui-ci fut introduit dans une housse puis embarqué dans le véhicule des pompes funèbres pour être acheminé à l'Institut Médicolégal de la Cavale Blanche à Brest.

Nathalie vint vers eux, tout en enlevant sa combinaison :

— Les indices sont maigres, le meurtrier n'a pas fait de cadeau, trois balles : une dans le cœur, l'autre pas très loin, tirée à deux ou trois mètres peut-être, on verra avec la balistique, la dernière dans la tempe, à moins de cinquante centimètres sans doute, pour être certain de l'achever… Nous avons recueilli sur la tête des traces qui prouvent que le coup est parti de très près. Le meurtre a eu lieu ailleurs puis le corps a été acheminé ici par véhicule, vraisemblablement, car il y a peu de sang dans la benne. Étant donné la corpulence de la victime et la hauteur à laquelle il a fallu hisser le corps sans vie, deux personnes ont certainement été nécessaires pour l'y déposer… Ces dernières ne sont pas forcément les meurtriers. Nous avons bien relevé des traces d'empreintes sur la benne, il faudra écarter celles du pêcheur ; quant aux autres, nous ne pouvons rien dire car si les personnes concernées portaient des gants… Nous allons aussi examiner les vêtements de la victime…

François lui expliqua l'accident de Quimper, la fuite de l'individu, le contexte.

— C'est pour cette raison que nous intervenons ici, sinon, sans ces faits antérieurs, cela relevait seulement de la gendarmerie de Douarnenez évidemment.

— Oui, je comprends mieux.

Nathalie ne se montra pas plus bavarde dans l'immédiat. D'ordinaire enjouée, elle paraissait cette fois préoccupée, ce qui intrigua Phil. Il lui demanda :

— Quelque chose te tracasse dans l'enquête ?

— Non, non, ça n'a rien à voir, je t'en parlerai à l'occasion, c'est personnel et familial…

Elle hésita comme si elle voulait se confier, mais revint aussitôt dans le cadre de leur métier et se contenta de rajouter :

— Je te ferai suivre les rapports dès que nous les aurons terminés.

Les rangs des curieux s'étaient éclaircis, tandis que les TIC rangeaient leur matériel.

Les deux OPJ regagnèrent leur voiture et quittèrent le port. Devant eux, située au-dessus du port, l'imposante construction symbolique rose, ancien Abri du Marin fondé par Jacques de Thézac, comme dans nombre de ports de la région, les dominait. Le bâtiment était occupé par la maison d'éditions *Le Chasse Marée*, tout aussi emblématique dans la ville et dans le milieu maritime.

Ils arrivèrent rapidement à la gendarmerie pour refaire un point, mais tout cela restait très trouble car personne n'avait retrouvé le moindre témoignage sur les activités des deux occupants de la voiture accidentée à Quimper.

Qu'avaient-ils fait ? Étaient-ils les propres voleurs du véhicule ou avaient-ils un complice ? D'où provenait la drogue ? Quel était leur rôle en la transportant ? Venaient-ils de Douarnenez ? Pourquoi Quimper ? Auprès de qui se rendaient-ils ?

Les questions ne manquaient pas… Ils savaient qu'ils devraient encore mener de nombreuses investigations pour y voir plus clair et trouver des réponses. Avant qu'ils se séparent, François demanda au commandant de la gendarmerie ce qu'il en pensait personnellement.

— Je connais le mouvement des marins espagnols et les activités avec le port de Douarnenez et je me dis que cette affaire est peut-être plus complexe qu'elle en a l'air…

— Comment ça ? lui demanda François.

— En évoquant les Espagnols, je pense à une autre affaire… Il y a quelques semaines seulement, nous avons arrêté des pêcheurs braconniers espagnols venus dans le coin pour la pêche aux pouce-pieds[10].

Phil parut étonné, ne comprenant pas de quoi il s'agissait. Avec un léger sourire, François se tourna vers lui pour lui expliquer :

— C'est sûr, en mécanique, même dans les vieilles voitures on n'en trouve pas ! Le pouce-pied de l'Atlantique est un crustacé qui vit fixé aux rochers battus par les vagues. C'est pour cette raison que nous en trouvons beaucoup du côté de Saint-Guénolé Penmarc'h ou à la pointe du Raz notamment…

— Et alors, quel est le rapport avec les Espagnols ? demanda Phil.

— En France, ce n'est pas trop recherché mais les Espagnols, eux, en sont friands et là-bas, il se vend entre cent et cent cinquante euros le kilo !

— Oui, mais j'imagine qu'il en faut beaucoup pour que ce soit intéressant, répondit-il.

— Lors de la dernière arrestation de ces braconniers espagnols, nous avons saisi cent vingt-cinq kilos, précisa le commandant de gendarmerie.

10. Ou pousse-pieds, *les deux orthographes sont répandues.*

— Ah quand même ! Mais quelle est la réglementation en la matière ?

— La pêche n'est pas interdite en France poursuivit le commandant, mais il y a des quotas, trois kilos maxi par personne. Je ne serais pas étonné de voir une implication de tout ce petit monde espagnol car cela fait beaucoup de coïncidences entre ces marins pêcheurs, ces braconniers et les conducteurs de poids lourds qui font inlassablement les navettes !

— Oui, je le crois aussi, rajouta François, c'est également le cas des ormeaux, cette fois pour une filière vers l'Asie. Ce qui ne veut pas dire qu'elle ne passe pas par l'Espagne d'ailleurs !

— Oui, c'est également possible… Je vais le signaler à toutes les gendarmeries du secteur, nous allons multiplier les demandes d'identité et augmenter notre surveillance dans ce domaine…

Sur ces derniers commentaires et cette interrogation supplémentaire, Phil et François reprirent la route en direction du commissariat de Quimper…

IV

Jeudi 10 septembre. Matin.

Ce matin-là, le ciel était à nouveau d'un bleu très pur et le soleil tentait de rattraper le mauvais tour qu'il avait joué au Finistère courant juillet et en août. Il y avait sur la ville une légèreté, une allégresse et même une sorte d'insouciance qui ne laissaient aucune place à l'angoisse. Cette munificence de fin d'été enchantait Phil et François.

Compte tenu des festivités programmées les jours suivants à Douarnenez, la gendarmerie aurait de quoi faire ; aussi le procureur avait-il décidé de garder François comme directeur de l'enquête, ce qui correspondait donc à la nouvelle affectation de l'équipe volante qu'il formait avec Phil, dépendant plutôt de la police judiciaire.

Le rapport des TIC n'apporta rien de très important. La balistique devait encore leur communiquer le type d'arme qui avait été utilisé.

Le rapport d'autopsie n'était guère plus loquace. Jean-Pierre Kermerrien n'avait pas subi de sévices avant d'être tué, pas de trace de liens sur les poignets ni sur les chevilles, tout au plus sur les membres supérieurs et inférieurs les marques d'une lanière passée par-dessus les vêtements qu'il portait. Il n'avait pas absorbé d'alcool ni de drogue le jour de son décès. Cela ressemblait plutôt à une froide exécution. Pourquoi? Comment était-il en possession de cette drogue? L'avait-il dérobée et dans ce cas, aurait-il été recherché et retrouvé par le propriétaire? Avait-il été assassiné parce qu'il avait failli à sa mission de transporteur de cette marchandise qui lui avait été confiée?

Phil et François devaient travailler sur les fréquentations qu'avaient eues les deux hommes au cours des semaines précédentes et lorsqu'ils étaient en prison, pour tenter d'établir un lien quelconque. L'absence de téléphone portable sur Marc Kérivel ou dans le véhicule, et celle d'un GPS intégré dans la voiture, excluaient de reconstituer un itinéraire quelconque. Les indices à exploiter restaient plus que maigres.

Phil s'activait sur son ordinateur à la recherche de renseignements dans les différents fichiers et lançait des demandes d'informations pour tenter de retrouver des personnes susceptibles d'avoir été en contact avec Marc Kérivel et Jean-Pierre Kermerrien; tandis que François ne cessait de se poser des questions en mettant en parallèle cette affaire et l'itinéraire suivi par ces chauffeurs de camions qui font la navette entre Vigo et Douarnenez et qu'il s'efforçait de reconstituer.

— Je ne crois pas trop au hasard, et cette situation n'est, à mon avis, pas si banale que ça. L'Espagne est un pays de transit de la drogue vers la France et aussi vers les pays de l'Europe du Nord ; il doit bien y avoir un rapport quelque part ! J'ignore où, mais ce n'est pas anodin comme coïncidence…

Le silence s'installa dans le bureau, à peine perturbé par le bruit des doigts de Phil sur le clavier ou celui des feuilles de comptes rendus tournées par François.

*

Le téléphone de François sonna. C'était l'accueil au rez-de-chaussée :

— Il y a là une dame qui voudrait vous parler pour déposer plainte, vous pouvez la recevoir ?

— Oui, faites-la monter et dites-lui que je l'attends en haut de l'escalier, au premier.

Une femme brune, cheveux mi-longs, la cinquantaine, un mètre soixante environ, vêtue très modestement d'un pantalon de toile noir serré et d'un large pull noir cachant partiellement son embonpoint, paraissait plus qu'ordinaire avec son petit sac à main, un peu comme ces personnes que l'on croise dans la rue sans vraiment les remarquer, sans même les voir. Elle était légèrement essoufflée d'avoir gravi les marches. Son visage sans maquillage était triste. François l'accueillit et la conduisit dans le bureau.

Elle déclina son identité, Huguette Le Pénity… François apprit qu'elle n'avait même pas cinquante ans, mais elle en paraissait bien plus.

— Ma collègue de l'accueil m'a prévenu que vous veniez pour porter plainte… À quel sujet ?

— Voilà… c'est compliqué, je ne sais pas trop par quoi commencer…

— Voulez-vous que nous commencions par parler et ensuite nous verrons ensemble pour mettre de l'ordre dans la déposition que vous souhaitez faire ?

— Oui, je veux bien… Vous ne pouvez pas imaginer combien c'est difficile pour moi d'être là.

— Tranquillisez-vous, ici nous voyons passer toutes sortes de situations possibles et imaginables et notre rôle est de rester neutre, sans porter de jugement, simplement d'écouter et d'aider le plaignant si besoin est.

— Merci…

La femme parut se détendre, comme rassurée. Elle hésita encore un peu et sembla faire pour rassembler toutes ses forces avant de se lancer.

— C'est dur à dire, vous savez… Voilà, c'est mon mari, nous sommes séparés mais nous ne sommes pas divorcés…

— Qu'a-t-il fait ?

— J'occupe désormais un petit appartement dans les HLM à Kermoysan, que j'ai obtenu grâce à une association de Quimper qui s'occupe des femmes battues notamment…

— Pouvez-vous nous donner le nom de cette association ?

— Bien sûr, voici d'ailleurs leur carte… Elle fouilla dans son son sac. J'en ai plusieurs sur moi en permanence, je les donne aux personnes concernées par le problème, pour les aider, car il y en a plus que vous ne pensez ou que les statistiques ne le dévoilent…

— Oui, merci. Votre mari vous battait ?

— Si ce n'était que cela, ce ne serait pas très grave encore, j'aurais pu accepter et laisser filer…

D'autant que maintenant, je ne vis plus avec lui, je n'ai plus peur de lui car je n'ai plus à le supporter ; mais c'est notre fille, nous n'en avons qu'une, Karine, elle a un peu plus de dix-neuf ans…

— Que lui est-il arrivé ?

— Voilà…

La femme tenta de se contrôler mais ne put contenir ses larmes et se laissa aller… Elle ouvrit à nouveau son petit sac posé sur ses genoux pour en sortir fébrilement un sachet de mouchoirs en papier. Elle s'essuya les yeux et se moucha un peu bruyamment.

— Prenez votre temps… Ça ira ? lui demanda François.

Elle approuva de la tête sans répondre à la question, son regard était fuyant comme si elle ne voulait pas regarder François dans les yeux. Quelques secondes plus tard, elle poursuivit :

— Ce que j'ai à vous dire est grave et douloureux pour moi… Mon mari… Mon mari a abusé de notre fille… À plusieurs reprises…

La femme se remit à pleurer à chaudes larmes. Phil et François étaient sous le choc de cette révélation et imaginaient le drame que constituait cette affaire pour les victimes.

— Je sais ce que cela représente pour la maman que vous êtes, mais même si c'est difficile pour vous, je vous demande de nous expliquer ce qui s'est passé, où, quand, comment… Mon collègue ici présent, le lieutenant Bozzi, va enregistrer votre déposition…

— Nous sommes mariés depuis vingt ans et habitions précédemment à Vannes où mon mari était salarié dans une société de dépannage et de remorquage. Il avait toujours voulu être à son compte et, il y a sept ans à présent, il a eu l'opportunité de racheter une entreprise en difficulté qui pratiquait la même activité, mais de taille nettement plus petite. Il a alors utilisé un petit pécule perçu au décès de ses parents. Située dans la région de Douarnenez, cette affaire faisait aussi de la mécanique à cette époque. YDR », Ys Dépannage et Remorquage. Il avait un salarié mécanicien et un apprenti. Il y a un peu plus de deux ans, comme il se montrait violent avec moi et que je l'avais surpris dans des situations ambiguës avec ma fille, sans alerter personne, j'ai pris contact avec une association à Quimper qui s'occupe des femmes maltraitées. Celle-ci m'a obtenu un petit appartement en HLM ; du jour au lendemain, je suis partie avec ma fille. Il a fait des pieds et des mains pour la retrouver, mais je veillais. Maintenant que ma fille a décidé d'aller vivre seule dans un petit studio à Quimper, en ville, je suis sûre que ça va recommencer et qu'il va la détruire… C'est affreux, vous comprenez ? Il faut l'en empêcher…

Elle ne contrôlait plus ses pleurs à nouveau… et dissimulait son visage, évitant ainsi le regard des OPJ.

— Il exerce toujours à Douarnenez ?

— Oui, mais il a viré le mécanicien il y a deux ans et le jeune apprenti était déjà parti quand il a eu son CAP, il y a trois ans environ. Puis il a embauché un gars avec qui il travaillait à Vannes et celui-ci est devenu son bras droit… Il se consacre désormais uniquement au dépannage et au remorquage en tout genre.

— Et il s'en sort ? Car Douarnenez ce n'est pas Vannes et il n'y a pas de voies express pour intensifier le trafic.

— Oui, apparemment ça marche très bien. J'aimerais bien divorcer pour récupérer ma part sur la maison, mais il ne veut pas et je ne peux pas aller le voir seule, il va me frapper et ses menaces me terrifient. La situation est sans issue… Mon Dieu, comment peut-on être un tel monstre ? gémit-elle.

— Pouvez-vous nous en dire plus sur la façon dont cela se passait ?

— Nous occupions une maison d'un seul niveau sur un immense sous-sol et étant donné la taille de ce dernier, plus qu'un studio, un vrai petit appartement avec tout le confort y a été installé. Karine était très heureuse d'avoir son logement à elle, son indépendance, tout en étant chez nous. Elle pouvait recevoir ses copains et ses copines… Mais c'est aussi là que mon mari se rendait…

— Donc… Il y a deux ans ?

— Oui, elle avait dix-sept ans, je travaillais comme aide-soignante à l'hôpital de Douarnenez et, un soir, je suis arrivée et je l'ai surpris. C'en est resté là sur le moment car j'avais trop peur qu'il me frappe à mort. Une fois seul avec moi, il m'avait menacée de me tuer si je parlais… Par contre, discrètement, j'ai tout de suite pris mes dispositions auprès de cette association de Quimper et, peu de temps après, je suis partie vivre à Quimper avec elle, à Kermoysan, comme je vous l'ai dit.

— Combien de fois est-ce arrivé ?

Elle parut déstabilisée et très mal à l'aise, ce qui pouvait se comprendre !

— Je ne sais pas exactement. Très souvent selon ma fille, mais toujours à mon insu, lorsque j'étais absente… Vous imaginez bien…

Elle manquait toujours d'assurance et se montrait très hésitante dans ses réponses pas toujours très claires ni très précises.

S'embrouillant un peu parfois et se montrant confuse.

— Que vous disait exactement votre fille ?

— Rien à cette époque… Quand je cherchais à en savoir plus, elle me répondait toujours que ce n'était rien, sans doute avait-elle aussi peur de lui ; ce n'est que l'autre jour, lorsqu'elle est partie vivre seule dans son studio, que nous avons enfin parlé et c'est là qu'elle a craqué et m'a tout révélé… Je lui ai dit que je venais vous voir pour déposer plainte, et elle était d'accord. Ce type, il faut le mettre en prison et qu'il aille se faire soigner… Je porte plainte pour coups et blessures et surtout pour avoir abusé de ma fille à de nombreuses reprises…

Les pleurs reprirent de plus belle, François la sentait à la limite de craquer.

Il lui proposa une consommation. Elle accepta un grand verre d'eau et un café.

Elle reprit vite ses esprits et répondit tant bien que mal aux questions de François.

— Il y a deux aspects dans votre dossier. Le premier porte sur les coups et blessures dont vous avez fait l'objet. Avez-vous des certificats médicaux ou éventuellement des témoignages à nous fournir ?

Elle regarda François, surprise, avant de répondre :

— Non, si vous croyez qu'on va le chanter sur les toits ! On a trop honte pour cela…

— Bien sûr, je comprends… Mais vous avez bien consulté un médecin qui sera en mesure de nous apporter des éléments dans ce sens ?

— N… Non… Enfin si, je pense… Il faut que je recherche chez moi… Mais avec mon départ précipité, je ne suis pas sûre de les retrouver.

— Il nous faudra bien des justificatifs pour venir en appui de votre plainte… Sans pour autant mettre en cause vos déclarations, nous ne pouvons pas nous baser uniquement sur celles-ci pour mettre votre époux en prison, vous comprenez bien. Quant au second aspect, votre fille étant majeure, nous devrons la rencontrer et l'entendre également, car vos révélations à l'encontre de votre mari sont très graves et les conséquences seront très lourdes pour lui.

— Surtout qu'elle était mineure à l'époque des faits ! rajouta-t-elle précipitamment comme pour vouloir aggraver les faits.

— L'inceste sur mineure est un délit à part entière, sanctionné par le code pénal, avec circonstances aggravantes du fait de ce lien de famille qui majore la sanction bien que la loi qualifie la majorité sexuelle à quinze ans. Votre fille en avait dix-sept, il n'en demeure pas moins qu'en cas de viol, cela relève de la criminalité et donc de la cour d'assises… Mais, c'est tout de même elle qui devra être la plaignante pour les abus…

— Mais je les ai vus et ma fille vous le confirmera, cela devrait vous suffire !

Cette dernière réaction avait été vive et elle surprit les deux OPJ. Comme si elle se rebiffait et considérait subitement que la police ne la suivait pas totalement sur ses déclarations.

— A-t-elle consulté un médecin à ce moment-là pour faire constater ?

— Hem… Non.

— Nous examinerons cela précisément avec le procureur après l'avoir reçue.

— Pouvons-nous avoir ses coordonnées pour la joindre facilement. Comment va-t-elle ? Nous allons bien entendu la recevoir, au besoin avec un psychologue, si vous le jugez utile…

— Non, je viendrai avec elle…

— Si vous voulez, mais ce sera hors de votre présence… Nous devons respecter une procédure spécifique avec caméra et enregistrement de ses propos.

— Non, je veux être avec elle !

— Il n'en est pas question, Madame.

— C'est ce qu'on va voir !

Huguette Le Pénity venait de changer de ton et semblait vouloir se montrer agressive, voire défier la police, car sa voix se faisait plus forte, menaçante.

— Je vous en prie, Madame, la procédure est la procédure et nous ne pouvons y déroger, s'efforça de répondre calmement François pour tenter de l'apaiser.

— Mais je vous dis que je veux être là avec elle ! Et j'y serai !

La femme s'énervait, au point de devenir hystérique. Les deux OPJ firent venir un médecin. Celui-ci lui administra un calmant et dut la faire conduire à l'hôpital pour une surveillance.

Une fois seuls, Phil et François se sentirent très mal à l'aise face à ce cas. Ils se rendirent chez le patron, Yann Le Godarec, pour en discuter. La situation était certes douloureuse mais le comportement de cette femme leur semblait ambigu et les intriguait fortement. Quelque chose les dérangeait sans qu'ils puissent en définir les raisons… Au terme de longs échanges, le patron leur répondit :

— Les plaintes pour viols sont en forte hausse, on ne sait pas très bien si le nombre d'agressions est en augmentation ou si davantage de victimes osent réclamer justice. Je lisais un rapport pas plus tard qu'hier: dans l'Ouest, c'est mille cinq cent soixante-huit viols déclarés en 2014, ce qui fait tout de même une progression de trente-trois pour cent, en cinq ans! Alors plus rien ne m'étonne. En France, l'an dernier, douze mille sept cent soixante-huit plaintes ont été transmises au parquet, soit une moyenne de trente-cinq par jour! Il y a deux fois plus d'appels au 3919. Sur quatre-vingt-quatre mille victimes de viols ou tentatives de viol, neuf femmes sur dix connaissent leur agresseur…

— Sans doute… Mais malgré tout, quelque chose nous échappe chez cette femme…

— N'oubliez pas qu'elle doit être perturbée… Et vous savez bien que, d'après l'étude de l'Observatoire national de la délinquance et des réponses pénales, dans plus de quatre-vingts pour cent des cas, l'agresseur est un membre de la famille. On compte tout de même huit cents victimes de violences dans le Finistère pour la seule année 2014…

— Nous allons essayer de traiter cette affaire comme il se doit…

— Il faut tout prendre en compte… Les enquêtes officielles estiment que quatre-vingt-dix pour cent des victimes ne portent pas plainte. Elles ont peur, honte et manquent surtout de preuves: après une douche et une lessive, il est difficile de réaliser des prélèvements ADN…

— C'est ce qui sera le cas.

— Écoutez bien toutes les parties surtout.

— C'est ce que nous allons faire…

Revenus à leur poste, ils appelèrent la jeune fille, Karine. Elle ne parut guère affectée par la demande de rencontre fixée pour quinze heures au commissariat. Elle travaillait dans la restauration, terminait vers quatorze heures trente en général et ne reprenait que vers dix-sept heures.

Cette nouvelle situation tracassait les deux OPJ subitement moins préoccupés par l'enquête dont ils avaient la charge. C'était le quotidien du commissariat, plusieurs affaires se télescopaient toujours et ils devaient assumer et s'adapter au suivi de chacune.

Manipulant la carte de l'association entre ses doigts, François décida de l'appeler avant d'aller déjeuner. Une voix féminine se fit entendre. François se présenta rapidement et lui demanda aussitôt :

— Connaissez-vous Huguette Le Pénity ?

— Non, pas vraiment, laissez-moi réfléchir. Pouvez-vous me donner quelques précisions ? Je mets le haut-parleur pour ma collègue qui se trouve près de moi, elle est plus souvent présente à la permanence.

François leur expliqua en quelques mots les grandes lignes auxquelles la collègue répondit :

— Oui, je me souviens d'elle, elle venait de Douarnenez effectivement, une femme très discrète, brune il me semble, c'est bien ça ?

— Oui.

— Curieuse femme en réalité. Je n'ai jamais réussi à savoir si ce qu'elle prétendait était avéré. Elle est venue nous solliciter en prétendant que son époux la battait et quand je lui ai demandé des précisions ou proposé notre aide afin de constituer un dossier pour y mettre un rapport et consigner les faits, enfin commencer à établir des traces… elle a semblé fuir la situation. Lors du premier contact avec notre association cela n'a rien d'étonnant, mais en partie seulement. Le plus souvent, nous revoyons ces personnes calmement un peu plus tard et nous avançons. Mais elle, je la trouvais plus insaisissable. Je ne l'ai plus revue car elle a eu de la chance, un petit appartement venait de se libérer et j'ai pu la loger immédiatement. Dès lors, elle n'est jamais revenue nous voir, elle n'a pas répondu à notre souhait de la rencontrer alors que nous venions de l'aider... Son attitude m'a toujours étonnée et, pour ne rien vous cacher, je me suis même demandé si tout ce qu'elle nous avait raconté était bien exact!

— Que voulez-vous dire?

— Son témoignage était-il véridique? N'avait-elle pas inventé toute une histoire pour être tout simplement prise en charge et aidée? Nous recevons hélas plutôt des personnes qui portent des lunettes noires parce que leurs yeux sont encore injectés de sang et leurs paupières toujours enflées et dont le corps présente des ecchymoses violacées témoignant de la violence subie... Même si celles-ci tentent généralement de minimiser les actes supportés. Notre travail est souvent de les écouter face à leur douleur, leur honte et surtout à la peur qu'elles ressentent. J'imagine que vous comprenez tout ce que je vous dis...

— Évidemment.

— Son comportement était tellement éloigné de tout ça que je ne sais toujours pas si elle nous a dit la vérité. Notre rôle n'est pas de porter de jugement mais au contraire, de tout faire pour venir en aide à celles qui nous le demandent. Les situations sont tellement dramatiques que nous nous efforçons toujours de faire au mieux… Pourquoi vos questions ? Rencontre-t-elle un nouveau problème ?

— C'est ce que nous allons tenter d'éclaircir également. Merci.

François resta songeur en raccrochant et Phil le regarda, dubitatif. C'était quoi, cette affaire ?

François appela le commandant de la brigade de gendarmerie de Douarnenez pour savoir s'il connaissait l'époux, Serge Le Pénity.

— Oui, nous les rencontrons, lui ou son gars, lorsque nous en avons besoin lors d'accidents notamment. C'est un bosseur qui ne ménage ni son temps ni sa peine. Son gars aussi est très bien. Pourquoi ?

— Et sa femme ? demanda François sans répondre.

— Il me semble qu'il est séparé et doit vivre seul, mais je ne sais rien de plus. Qu'est-ce qui se passe ?

— Sa femme habite Quimper. Elle porte plainte contre son époux pour des actes de violence à son encontre ainsi que pour des faits plus graves en la personne de sa fille, ça te dit quelque chose ?

— Lui ? Ça m'étonnerait fort. Je sais bien que l'on ne connaît pas les gens que l'on croise et que notre métier nous oblige à être plutôt méfiants sur les apparences, mais je serais vraiment étonné pour ne pas dire stupéfait qu'il y ait quelque chose à lui reprocher… C'est un homme sérieux, toujours très correct.

— On te tient au courant.

Le trouble continuait à s'immiscer dans l'esprit de nos deux OPJ. Ils devraient se montrer prudents lorsqu'ils recevraient la fille et bien lui faire valider les points les plus graves, quitte à faire venir un psychologue en cas de difficulté.

V

Jeudi 10 septembre. Après-midi.

Avant l'arrivée de Karine, prévue à quinze heures, les deux OPJ reprirent leur affaire de drogue et d'accident de voiture. Les recoupements suite aux recherches informatiques de Phil venaient de permettre de localiser un individu qui avait séjourné en cellule avec Marc Kérivel.

Celui-ci était sorti de prison depuis plusieurs mois également et résidait dans les HLM de Pouldavid.

— Bon, eh bien, je crois qu'on va enfin pouvoir commencer à avoir des débuts de pistes dans cette affaire! s'amusa Phil.

L'homme s'appelait Florian Le Drevers. Ils devaient en découvrir un peu plus sur lui. Ils allaient pouvoir lancer une action afin de l'interroger pour découvrir qui il était.

Ce dernier ne pourrait pas nier qu'il connaissait Marc Kérivel et Jean-Pierre Kermerrien.

François examinait les informations sur les camions affrétés au transport de la pêche des navettes Espagne-France et inversement.

— Pour ma part, j'ai constaté que les camions qui ont chargé la pêche du chalutier à Douarnenez sont arrivés et repartis par la route ! Contrairement aux précédents qui ont emprunté le ferry effectuant la ligne Saint-Nazaire-Gijon ; à mon avis, il doit y avoir une bonne raison, sinon, pourquoi n'auraient-ils pas fait comme d'habitude ? se demanda François.

— Oui, c'est vrai, il faut voir cela de plus près.

Après une discussion, ils se rendirent au bureau du patron qui accepta de les recevoir afin de convenir des actions qu'il allait falloir engager.

À l'issue de leurs propositions, mettre la main sur Florian Le Drevers devenait une priorité. Le patron appela le commandant de la brigade de gendarmerie de Douarnenez et celui-ci se proposa de le localiser.

Quant aux fameux camions qui faisaient la navette de l'Espagne à la France, il était préférable d'examiner d'une façon plus approfondie ce qui se passait réellement à chaque aller-retour. Pour cela, ils convinrent de faire appel au service spécialisé qui, discrètement, poserait une balise sur chacun d'entre eux et effectuerait la surveillance par satellite interposé.

*

Karine se présenta quelques minutes avant quinze heures. Un piercing ne valorisait pas son visage aux traits pourtant harmonieux et plutôt fins. Un début de tatouage descendait de son cou et disparaissait dans un chemisier blanc sous un sweat léger bleu. Elle portait un jean serré, des chaussures de sport de couleur vive et un sac en bandoulière. Elle paraissait tendue, le regard dur et fermé. Comme sa mère, elle faisait plus que son âge, peut-être à cause de ses cheveux bruns mi-longs éclaircis par de nombreuses mèches. Il n'était pourtant pas aisé de leur trouver une quelconque ressemblance tant celle-ci était élancée, plutôt grande, sans doute un mètre soixante-dix.

En entrant dans le bureau, elle s'étonna :

— Mais, maman n'est pas là ? Elle m'avait dit qu'elle serait là…

— Non, elle aurait bien voulu, mais elle est souffrante.

— Depuis quand ? Je l'ai eue hier soir au téléphone et ce matin encore, elle allait bien !

— Depuis la fin de matinée… Mais rien de grave, rassurez-vous !

Elle se contenta des arguments de François, mais sembla tracassée.

François lui exposa alors la situation et lui précisa qu'ils allaient enregistrer et filmer ses déclarations. Sans émettre d'objections, ces derniers points la firent se raidir et ils la sentirent gênée. Phil et François mirent cela sur le compte de la pudeur et du fait que ce soit de son intimité qu'ils allaient parler. Pourtant, curieusement, une sorte de culpabilité apparut dès lors sur son visage… Une fois le matériel installé, François commença avec toute la dextérité acquise par son expérience et le doigté qu'exigeait la situation.

— Pouvez-vous nous expliquer comment vous viviez avec votre famille dans votre maison à Douarnenez avant que vous ne suiviez votre maman pour venir habiter à Quimper?

— J'étais au lycée à Douarnenez et mes parents avaient aménagé un logement mis à ma disposition dans le sous-sol de notre maison, ce qui me convenait bien car cela me permettait de recevoir mes copains et mes copines en toute tranquillité. Tous enviaient la chance que j'avais. J'étais heureuse.

— Quelles relations entreteniez-vous avec votre maman?

— Très bonnes, mais elle travaillait souvent de nuit à l'hôpital. On se croisait et on n'avait pas beaucoup de moments ensemble les derniers temps.

— Et avec votre papa?

— Très bonnes également. Il travaillait énormément pour payer tous les crédits de la maison et de son entreprise et je ne le voyais pas aussi souvent que j'aurais aimé, car nous nous entendions très bien.

Elle paraissait détendue pour l'instant, sans doute du fait d'avoir parlé de sa jeunesse à Douarnenez qu'elle semblait regretter, un peu nostalgique. Ce qui contredisait les propos de sa mère…

— Était-il affectueux avec vous?

— Très, plus que maman, et attentionné aussi, pour tout. Pour mes études en particulier car il voulait que je réussisse dans la vie; mes fréquentations, mon hygiène de vie…

— Pouvez-vous nous dire ce qui s'est passé entre vous?

— Rien! répondit-elle avec une franchise totalement déconcertante.

— N'aurait-il pas tenté d'avoir avec vous certaines relations qu'il aurait dû réserver à votre maman?

Karine les regarda, effrayée, réalisant qu'elle devait se confier. Elle se bloqua dans un premier temps avant que François, en y mettant les bons mots et les bons encouragements, finisse par la faire parler à nouveau. Mais Karine se faufilait en permanence pour éviter d'aborder le sujet. Il saisissait bien la détresse psychologique qui envahissait la jeune fille. À force d'insistance et après de nombreuses questions, elle se lança tout de go, comme si elle voulait expulser quelque chose.

— Oui… Il est venu une fois et il a abusé de moi…

— Une fois ou plusieurs ?

— Une fois… Je crois, je ne sais plus…

— Vous devez pourtant le savoir, compte tenu de l'importance des faits… dit-il doucement.

— Plusieurs fois…

— Votre maman vous a-t-elle surpris ?

— Non… je ne sais pas… je ne crois pas… elle n'était pas là.

— Qui vous a vus ?

— Personne !

— Pouvez-vous nous raconter comment cela s'est passé exactement ?

Elle baissa la tête et se mit à pleurer.

— Vous êtes-vous confiée à quelqu'un ? À votre médecin, celui du lycée ou à d'autres personnes ?

— Non, jamais !

— À votre maman seulement ?

— Oui.

— À quelle occasion ?

— Quand j'ai pris un studio pour aller vivre seule en ville à Quimper.

— Vous travaillez depuis longtemps ?

— Bientôt un an, depuis que j'ai eu mon bac. Mon père me donne de l'argent pour m'aider chaque mois. Il aurait préféré que je poursuive mes études, mais je voulais gagner ma vie. C'est lui qui m'a offert une voiture et me l'a payée tout comme mon permis de conduire et les assurances. Maman travaille à l'hôpital de Quimper mais sur un temps partiel seulement…

— Depuis les faits qui se sont déroulés à votre domicile à Douarnenez, a-t-il encore eu des relations particulières avec vous ?

— Non, jamais.

— Revenons sur les faits. Comment s'y est-il pris pour abuser de vous comme vous venez de nous le dire…

Elle secoua la tête en la gardant baissée. Quand elle la releva, son visage était défait. Elle fixa la fenêtre. François prit le ton de la confidence :

— Regardez-moi Karine… et parlez-moi… Vous n'êtes nullement en faute ni coupable de quoi que ce soit et nous sommes là pour vous aider… c'est important et grave à la fois, ceci va le conduire au tribunal et il sera condamné pour ce qu'il vous a fait, vous comprenez ? Mais pour cela, nous devons donc savoir exactement ce qui s'est passé. Pour vous, pour lui, pour la justice.

Lorsque les yeux de Karine se reposèrent dans ceux de François, il y lut comme un malaise, le malaise de quelqu'un qui ne comprend pas ce qui se passe, ce qui lui arrive et qui prend peur… Elle s'affola véritablement :

— Oui… Mais je ne veux pas qu'il lui soit fait quoi que ce soit… Je ne voulais pas venir ici, je l'ai dit à maman que ce n'était pas une bonne idée... Je n'étais pas d'accord!

— Comment cela? Expliquez-vous!

— C'est maman qui m'a demandé de dire ça car elle en veut à papa, je ne sais pas trop pourquoi, mais elle lui en veut c'est sûr et, l'autre jour, elle est venue me trouver en inventant cette histoire de toutes pièces et en me demandant de procéder de cette manière, que c'était pour elle et que je devais le faire. Que ce n'était pas grave, alors, après tant d'insistance, j'ai fini par lui dire oui, mais je ne voulais surtout pas créer le moindre ennui à papa et je le lui ai dit. Elle est revenue à plusieurs reprises me répéter des dizaines de fois ce que je devrais vous dire exactement et qu'elle serait avec moi pour appuyer mes propos, mais papa, en vérité, ne m'a jamais rien fait et ça... je le jure. Bien au contraire, il m'adore, il est triste de ne plus me voir et il fait tout ce qu'il peut pour m'aider.

— C'est très important ce que vous nous dites. Je résume: votre papa ne vous a jamais rien fait qui soit répréhensible. Tout ceci est une idée de votre maman pour nuire à votre papa uniquement, c'est bien ça?

— Oui, c'est bien ça... Je vous l'ai dit, papa s'est toujours montré attentif avec moi. Il gagne beaucoup d'argent car il travaille très dur et maman ne supporte pas d'avoir du mal à joindre les deux bouts avec son petit salaire à temps partiel.

— Pourquoi n'ont-ils jamais divorcé?

— Je ne sais pas, comme je ne sais pas pourquoi un jour maman m'a emmenée vivre avec elle à Quimper. J'aurais préféré rester à Douarnenez où j'avais tous mes copains et mes copines que j'ai d'ailleurs gardés ; je n'ai jamais vraiment réussi à m'en faire d'autres à Quimper. Papa, avec son travail et toutes les heures qu'il doit faire de jour comme de nuit, n'a rien dit et nous a laissées partir, mais il était malheureux de cette situation et il souffre de ne plus me voir assez. Je le sais... Même s'il ne se plaint jamais devant moi. Je pense qu'il aurait voulu que je reste vivre avec lui dans mon studio, et c'est ce que j'aurais dû faire, désobéir à ma mère, je suis persuadée que c'était une bêtise de la suivre et peut-être aurais-je poursuivi mes études, sûrement même...

Elle ne pleurait plus et, l'air grave, faisait face désormais avec beaucoup de naturel et d'assurance. Comme si à présent elle était enfin « elle » et qu'elle ne jouait plus un rôle comme le lui avait demandé sa mère. François réfléchit et demanda avec sollicitude :

— Votre maman a souvent été battue par votre papa ?

— Battue ? Maman ? Par Papa ? Jamais, que je sache ! Il serait bien incapable de lever la main sur elle ou sur moi, quelles que soient les circonstances, même les plus justifiées.

— Mais vous les avez vus ou du moins entendus se chamailler, élever la voix ?

— Jamais. Papa est un grand calme, très pondéré, quand ça ne va pas, il prend sur lui mais ne s'emporte pas au point de devenir incontrôlable. Au pire, il s'enferme sur lui-même, va faire un tour et s'acharne dans le travail.

— Peut-être lorsqu'il a un peu trop bu ?

— Papa ne boit pas d'alcool, je ne l'ai jamais vu ivre ! Et il m'a toujours dit de me méfier des addictions, que ce soit de l'alcool, du tabac ou des drogues dites « douces » car une fois qu'on y goûte, c'est dur de s'en passer. Alors, il me répétait toujours : « Le plus simple, c'est de ne pas commencer ! »

— Il a bien raison votre papa. Bien, nous allons reprendre vos déclarations et vous allez nous dire si vous les maintenez. Nous vous demanderons ensuite de les signer. Tous vos propos sont filmés et enregistrés, il est donc très important de dire toute la vérité. Puis nous devrons entendre votre papa et à nouveau votre maman…

Karine confirma ses dires avec assurance et précisa une nouvelle fois que c'était une opération montée de toutes pièces par sa mère pour des fins qu'elle ignorait.

Cette affaire venait de rebondir d'une façon qu'ils n'auraient jamais imaginée. Il convenait à présent d'entendre le père de Karine.

Contacté par téléphone, celui-ci affirma qu'il devait prendre en charge un véhicule à Quimper, et se proposait donc d'en profiter pour passer au commissariat. Il se montra pressé de les rencontrer, car François avait précisé que c'était à propos de sa fille, sans toutefois fournir la moindre information supplémentaire malgré les questions répétées.

*

Une heure plus tard, il se présentait au commissariat. C'était un homme mince, d'un mètre quatre-vingts environ, brun légèrement grisonnant. Il portait sa tenue de travail. Cette fois, en le regardant, Phil et François y retrouvèrent bien les traits de sa fille. Une anxiété se lisait sur son visage et, à peine les présentations faites, il demanda :

— Que se passe-t-il, est-il arrivé quelque chose à Karine ?

— Non, non, rassurez-vous, elle va très bien. Nous aurions juste quelques questions à vous poser. Quelle est la situation entre vous et votre épouse ?

— Elle a quitté le domicile conjugal il y a deux ans et, depuis, je voudrais bien divorcer, mais elle ne veut pas…

— Et pour quelle raison ?

— Pour son départ ou pour le divorce ?

— Pour les deux. Son départ d'abord.

— Je suis rentré en pleine journée d'un remorquage qui devait être éloigné mais qui a été annulé et je l'ai trouvée dans mon lit avec mon mécano ! Malgré la situation, je suis resté calme, je lui ai demandé de quitter la maison le plus rapidement possible et au mécano de démissionner. C'est ce qu'ils ont fait l'un et l'autre. Ce que je n'avais pas prévu, c'est que Karine parte avec elle. C'est ma fille, ce que j'ai de plus cher au monde… Elle est adorable. Il ne lui est rien arrivé, vraiment ?

— Non, je vous le garantis.

— Bon.

Il sembla réellement rassuré et se détendit un peu.

— Mais pourquoi ne veut-elle pas divorcer, si vous êtes séparés depuis qu'elle a quitté le domicile conjugal ?

— Parce que Madame s'est mis en tête d'avoir cinquante pour cent de la maison et surtout de mon affaire, or cette dernière est en Eurl et le capital provient de la succession de mes parents. J'ai arrêté la mécanique avec le départ de mon mécano ; cette activité était à peine rentable et ne servait qu'à le payer. Depuis je ne fais plus que du dépannage et du remorquage en tout genre. Je me suis équipé pour cela et je le fais avec mon gars, un très bon pro que je connais bien depuis que nous avons travaillé ensemble dans ma précédente entreprise. Je l'ai embauché après le départ de l'apprenti qui avait terminé son apprentissage, il y a un peu plus de trois ans environ. C'est mon bras droit aujourd'hui. C'est un type super, consciencieux, sérieux, travailleur et il ne compte pas ses heures. Un jour, je monterai sans doute une SARL avec lui pour assurer l'avenir de l'entreprise et lui donner un juste retour de la peine qu'il se donne.

— Ce mécano à l'origine des faits, est-il marié ?

— Non, il vivait en concubinage, mais cette situation a mis un terme à leur relation avec sa compagne avec qui il avait un enfant d'ailleurs, toujours à sa charge. Il doit aussi avoir un enfant d'une précédente union. C'est un type plutôt tordu à mon sens. Même au boulot, il était imprévisible et un peu magouilleur dès que j'avais le dos tourné !

— Le mécano et votre épouse se fréquentent-ils toujours ?

— Aux dernières nouvelles, il semblerait que oui, selon des amis qui les ont vus ensemble. Moi j'ai tiré un trait dessus depuis longtemps et je suis disposé à lui jeter à la figure une partie du prix de la maison dès qu'on sera passés chez le notaire, mais nous ne sommes pas près d'être d'accord, car il y a un crédit sur la maison que je rembourse totalement depuis deux ans, ce qu'elle veut totalement ignorer. Je vous laisse imaginer toutes les discussions que cela engendre dans ce genre de situation !

— Évidemment !

— Mais si vous me disiez pourquoi vous vouliez me voir, exactement ? C'est au sujet de ma fille ou de mon épouse ?

François esquiva en répondant par une autre question.

— Avez-vous les coordonnées de votre ancien mécano ?

— Oui, bien sûr, mais qu'est-ce qu'il vient faire là-dedans, celui-là ?

— Ne vous inquiétez pas, nous diligentons une enquête qui devrait peut-être faciliter justement votre divorce, au travers de tout ce que nous découvrons ! lui répondit François en se montrant rassurant.

— Je suis désolé, mais je n'y comprends rien ! Je vais vous les écrire, il s'appelle Georges Le Kamm.

Il se saisit d'un petit feuillet sur le bureau de François et inscrivit les informations.

— Autre chose… Les relations que vous entretenez avec votre fille sont-elles uniquement celles d'un père avec sa fille ?

— Évidemment ! Que voulez-vous insinuer ?

— Disons… le genre de relations que l'on ne devrait avoir qu'avec son épouse ?

— Mais vous êtes fou ! C'est pour cela que vous vouliez me voir ?

— Pour ne pas vous le cacher… Oui !

— Mais qui vous a dit ça ? C'est dégueulasse ! Je veux voir ma fille !

— Et si cela venait de votre épouse ?

— Évidemment… Rien ne me surprend plus venant d'elle, elle est prête à tout pour me pourrir la vie et récupérer le plus d'argent possible et si on me jetait en prison par-dessus le marché ça arrangerait bien ses affaires ! Je veux être confronté à ma fille et à ma femme séparément. Que vous a dit cette dernière exactement ?

— Que vous auriez abusé de votre fille.

— Mais c'est faux ! Ma fille vous le dira, jamais je ne ferais une chose pareille, c'est de la folie !

— Si nous retenons vos réponses, il ne serait pas étonnant que votre épouse use d'un tel stratagème pour vous nuire, c'est bien ça ?

— Absolument ! Mais, à présent, car c'est bien trop grave à mes yeux, je veux que toute la lumière soit faite sur cette affaire honteuse ! Je ne supporterai pas un seul instant que l'on puisse penser que je sois capable de tels actes…

— Une dernière chose ! Votre épouse se serait plainte que vous la battiez !

— Ah, ça c'est la meilleure, je peux vous jurer que c'est tout aussi faux que pour ma fille, jamais de la vie je ne ferais une chose pareille ! Je la savais prête à tout pour m'extorquer de l'argent, mais je ne m'attendais pas à ça ! Elle a mis l'artillerie lourde ! Mais elle est folle à lier ! Non, pas folle, vicieuse au possible !

— Nous allons étudier tous les éléments du dossier et nous vous tiendrons informé. Vous êtes libre mais nous serons certainement obligés de vous revoir. Nous vous remercions d'être venu aussi rapidement à nos bureaux.

Serge Le Pénity se leva, salua les deux OPJ et quitta le bureau la tête chargée d'une forte incompréhension, complètement assommé. Il repartait abasourdi. Nul doute que son esprit allait être embué un certain temps.

Une fois parti, François se tourna vers Phil et lui dit, en regardant le bout de papier qui portait les coordonnées du mécano :

— En voilà un qui porte bien son nom, semble-t-il !

— Pourquoi ?

— Allez, je vais élargir encore ton vocabulaire breton ! *Kamm*, c'est un mot breton qui signifie « tordu », et j'ai bien le sentiment que ce type-là l'est !

— Oui, dans cette affaire, depuis le début, il semblerait plus que jamais que la première impression produite par cette femme soit l'ennemi de la vérité. On part avec une mère sérieuse, très dramatique… Puis, on nous sert l'inverse avec la fille… Quant au père, il me semble sincère et de bonne foi. Maintenant il faut vérifier tout cela dans le détail et démêler le vrai du faux !

Les deux OPJ se rendirent chez le patron pour rendre compte, en se disant qu'il était heureux qu'ils ne soient pas partis au quart de tour sur les premières déclarations de la mère !

Ils essayèrent ensuite de joindre Georges Le Kamm pour le rencontrer le lendemain, mais sans succès. Peut-être s'était-il rendu à l'hôpital pour récupérer Huguette Le Pénity car on venait de leur annoncer la sortie de celle-ci.

Ils verraient cela dès le lendemain…

VI

Vendredi 11 septembre. Matin.

En arrivant au bureau, François songeait à l'inauguration du village de la Mini-Transat à Douarnenez qui aurait lieu dans la soirée et la secrétaire d'État à la francophonie et au développement, Annick Girardin, était annoncée pour couper le ruban. Nul doute que cette visite n'allait pas arranger la gendarmerie et ses effectifs pour en assurer la sécurité.

Au même moment, le commandant de la brigade l'appelait. Florian Le Drevers avait été localisé. Deux équipes restaient en planque pour le contrôler dans ses déplacements éventuels…

Phil et François firent un bond chez le patron qui leur donna le feu vert pour l'interpeller. Il prévenait le procureur. Ils prirent au passage un binôme de policiers en tenue pour les accompagner et les deux voitures filèrent aussitôt en direction de Douarnenez, de Pouldavid plus précisément. Gyrophare bleu sur le toit, sirène en route, ils mirent à peine vingt minutes pour rejoindre leur destination. Un peu avant de descendre vers l'entrée de la ville et le quartier de Pouldavid, ils stoppèrent la sirène et enlevèrent le gyrophare.

Sur place, ils retrouvèrent leurs collègues gendarmes et, en quelques secondes, se mirent d'accord sur l'intervention. Ils se postèrent très rapidement devant la porte de l'appartement où Florian Le Drevers s'était rendu. Cela ne correspondait pas à l'adresse qu'il avait donnée précédemment en sortant de prison.

En frappant simplement à la porte, sans même qu'ils aient à annoncer « Police ! », un homme ouvrit naturellement et visiblement sans méfiance. Peut-être attendait-il quelqu'un d'autre. Il parut tétanisé en voyant le nombre de personnes envahir rapidement l'appartement. Surpris, il ne put prévenir les autres occupants.

Deux hommes, dont Le Drevers, prenaient le café, tranquillement attablés dans la cuisine, et furent tout aussi stupéfaits par l'apparition des policiers. La fenêtre ouverte permettait de dissiper la fumée de leurs cigarettes. Ils n'opposèrent aucune résistance. Par précaution, les trois hommes furent menottés. Deux policiers firent une fouille rapide, découvrant un peu de cannabis, quelques grammes d'héroïne et plusieurs milliers d'euros en espèces, autant d'éléments sur lesquels ils auraient à s'expliquer.

Les policiers conduisirent les trois hommes à Quimper pour les interroger, tandis que les gendarmes regagnèrent aussitôt leur brigade à Douarnenez où ils étaient attendus.

*

À Quimper, les trois individus furent répartis entre différents OPJ. Phil et François se gardant, bien entendu, Florian Le Drevers.

Ce dernier avait un casier judiciaire chargé, mais pour des faits moins graves que Marc Kérivel et Jean-Pierre Kermerrien. Il avait passé moins d'années en prison.

De taille moyenne, cheveux gras peignés en arrière, barbe de deux ou trois jours, ses doigts portaient la marque caractéristique de l'addiction au tabac. Il était correctement vêtu.

Son identité enregistrée par Phil, François attaqua tout de go :

— Que faisiez-vous avec Marc Kérivel et Jean-Pierre Kermerrien ?

— Je ne connais pas ces personnes !

— Étonnant... On vous a pourtant vu avec eux ! En clair, vous vous fichez de nous ! C'est bien ça ?

— Non, je vous assure !

— Pourtant, rappelez-vous, vous vous êtes tout de même côtoyés assez longtemps, alors ne nous dites plus que vous ne les connaissez pas, sinon, c'est simple, nous allons arrêter notre entretien, vous mettre en garde à vue, après cela, direction la case prison, si vous voyez ce que je veux dire !

— Mais vous n'avez pas le droit !

— Alors arrêtez de nous prendre pour des imbéciles ! On reprend. Vous étiez bien ensemble en prison, vrai ou faux ?

— Ah oui, maintenant que vous me le dites...

— Arrêtez votre cirque, on connaît, on a l'habitude, ça suffit ! Maintenant, répondez-nous, que faisiez-vous en leur compagnie à Douarnenez ?

— Parce qu'ils sont sortis de prison ? Première nouvelle, je n'étais pas au courant !

En général, un gardé à vue qui avait une certaine expérience de ce genre d'interrogatoire tentait de jouer l'ignorance totale au départ. Après les nombreux arguments avancés par la police, il finissait par céder progressivement en découvrant un peu mieux ce qu'elle était censée savoir. Florian Le Drevers était de ceux-là et les OPJ savaient qu'il allait falloir un électrochoc pour le faire vaciller...

Phil et François prirent un air grave ; Phil arrêta son ordinateur et se leva tandis que François ramassait ses papiers et lui annonçait :

— Bien... Comme vous avez pris le parti de vous moquer de nous, je vous signifie votre mise en garde à vue. Vous allez vider vos poches, donner votre ceinture, ôter vos lacets de chaussures et nous allons nous rendre à l'étage supérieur pour la prise d'empreintes et le prélèvement biologique.

— Mais sur quoi reposez-vous cette mise en garde à vue ?

— Trafic de stupéfiants, vol de voiture et j'en passe, et cela en cheville avec ces deux personnes que vous avez bien connues en prison. Et je vous informe que, cette fois, vous n'êtes pas près d'en ressortir, sauf si vous êtes disposé à revenir sur vos déclarations et consentez à répondre à nos questions.

Devant son mutisme complet, tous les trois sortirent du bureau silencieusement. Le Drevers menotté, ils se rendirent à la salle réservée où ils effectuèrent les prélèvements sans prononcer un mot.

— Bien, nous allons redescendre à présent et vous placer dans la cellule de garde à vue. Nous prévenons le procureur afin de vous diriger ensuite vers un établissement pénitentiaire.

— Mais vous n'avez pas le droit ! Je n'ai rien fait !

— Alors dites-nous ce que vous faisiez avec ces deux personnes que vous connaissez parfaitement pour avoir séjourné avec elles en prison ?

— Mais puisque je vous dis que je ne savais même pas qu'ils étaient sortis de prison !

— Maintenant ça suffit, nous vous mettons en cellule et nous voyons avec le procureur !

Ils descendirent tous les trois. Florian Le Drevers s'était décomposé devant la fermeté de François. Il devait certainement se poser les questions habituelles sur ce que savait la police… Ceci bien entendu afin de ne pas dire plus qu'il n'en fallait et en même temps éviter de trop s'exposer sur les risques encourus s'il ne parlait pas…

Phil et François n'ignoraient pas qu'avec ce type d'individu qui côtoie des plus durs que lui, qui ont également fait de la prison, il ne fallait pas donner l'impression de mollir. Quelques heures en cellule allaient lui faire du bien et aideraient à sa réflexion. D'ici là, ils espéraient pouvoir recevoir des infos de la part des techniciens notamment, sur d'éventuelles traces de sa présence dans la voiture accidentée.

Ils appelèrent ceux qui s'étaient occupés du véhicule. Ces derniers avaient bien effectué tous les relevés d'empreintes… mais rien ne permettait un recoupement avec Florian Le Drevers. Ce qui ne prouvait pas grand-chose en soi, car il avait pu se montrer plus prudent que ses deux camarades si toutefois il avait bien été dans la voiture en question. Quant aux prélèvements biologiques, ils en attendaient les résultats. Ce qui ne les arrangeait guère, car les heures défileraient très vite et le patron, de même que le procureur, n'apprécieraient guère cette garde à vue si Phil et François ne disposaient de rien de concret sur lui, hormis le fait de savoir qu'il avait été en prison en même temps que les deux victimes.

Ils n'avaient pas d'autre solution que d'en parler au patron lequel, à son tour, invita les collègues qui effectuaient les interrogatoires des deux autres personnes à les rejoindre pour faire un point avant de contacter le procureur.

Le lieutenant Joël Le Traon avait le sourire en s'installant dans le bureau.[11]

— Je me suis occupé de celui qui prenait le café avec Florian Le Drevers lors de l'arrestation dans l'appartement… Il s'appelle Thierry Lanvic, il est nettement plus léger en termes de casier et il fait dans son froc quand je lui annonce la prison. Il a parlé mais seulement suite à un petit deal que nous avons passé… c'est que vous n'en disiez rien à Florian Le Drevers…

— D'accord, on va se débrouiller pour trouver quelque chose qui ne le mette pas en cause aux yeux de Le Drevers. Alors ?

— En fait, c'est Florian Le Drevers qui est venu à Quimper pour voler la voiture et l'a ramenée à Marc Kérivel car celui-ci était sur un gros coup…

— Où ?

— À Douarnenez !

Phil se tourna vers François et lui demanda :

— Est-ce que tu parles espagnol ?

---

11. Joël Le Traon est régulièrement sollicité dans de nombreuses affaires depuis La demoiselle du Guilvinec, *même auteur et même collection.*

— *No hablo espanol muy bien !*[12] lui répondit-il en faisant la moue et un signe négatif de la main.

— Pourtant il va falloir, car je crois que ton idée des camions peut tenir la route… Si j'ose dire !

— Vous savez quelque chose ? demanda Le Traon.

— Rien de précis, sauf qu'il y a des camions qui font l'aller-retour Vigo-Douarnenez pour charger du poisson à Douarnenez, pêché au sud de l'Irlande par un chalutier français, exploité par un armateur et un équipage espagnols !

— Eh bien, pas simple votre affaire ! Mais j'ai l'impression qu'il doit y avoir matière à creuser d'autant plus que Lanvic m'a dit que cela devait se passer sur le port. Cependant, il n'a pas su me dire s'il s'agissait de l'ensemble portuaire de Douarnenez ou de celui de plaisance de Tréboul !

— Douarnenez, à mon avis, me paraît plus probable… La plaisance je n'y crois pas trop ! se contenta de répondre le patron.

— Donc, pour en revenir à ton gars, continua François, Le Drevers vole une voiture à Quimper et vient la livrer à Kérivel à Douarnenez et après ?

— Il serait hors circuit dans l'immédiat mais Marc Kérivel lui aurait aussi promis, si ça marchait, du boulot dans un petit trafic à mettre en place. Mais c'est flou et il ne sait rien d'autre, ce qui ne me surprend pas d'ailleurs.

— Parfait ! Nous avons bien avancé, on va lui faire cracher le morceau maintenant à Le Drevers !

— Et l'autre gars, celui qui a ouvert la porte de l'appartement ? demanda François en se tournant vers l'autre collègue.

---

12. *Je ne parle pas espagnol très bien !*

— Rien, lui ne sait visiblement rien. La location de l'appartement est à son nom et il fait des petits boulots d'intérim, il n'a pas de casier… pour l'instant.

— Dans ce cas, on y va.

Le cénacle se disloqua. Phil et François descendirent chercher Florian Le Drevers dans la cellule de garde à vue pour le conduire à nouveau dans leur bureau à l'étage tandis que les collègues en faisaient de même.

Les deux OPJ reprirent leur place habituelle et François manipula devant lui, ostensiblement, un rapport de la police technique et scientifique qui n'avait rien à voir avec cette affaire, puis annonça en faisant mine de reprendre des éléments qui y figuraient :

— Est-ce que vous nous confirmez que vous n'avez jamais revu les deux hommes que vous avez côtoyés en prison ?

— Oui !

— J'ai sous les yeux un rapport de nos services qui me prouve que vos empreintes papillaires et vos traces biologiques ont été retrouvées dans la voiture volée et utilisée par Marc Kérivel et Jean-Pierre Kermerrien. Comment pouvez-vous me certifier que vous ne les avez pas revus ? Ou qu'il n'y a aucun lien entre vous ?

Florian Le Drevers baissa la tête. Il venait d'être touché par les arguments de François et devait réfléchir à toute vitesse pour savoir comment se dégager de ce pétrin. Mais son mutisme restait total malgré la répétition des questions de François qui, exaspéré, finit par lui dire :

— Maintenant votre cas est très simple… ou vous parlez et vous clarifiez votre situation, ou vous vous obstinez et vous partez en prison pour perpète car je vous signale qu'outre le vol de voiture, il y a à la clé trafic de stupéfiants et meurtre ! Vous comprenez bien que les conséquences ne sont pas les mêmes. Alors ?

Un lourd silence se prolongea dans le bureau, à peine perturbé par quelques bruits en provenance des pièces voisines ou par un lointain vrombissement de moto dans la rue. François se tourna vers Phil :

— Tu arrêtes le procès-verbal, je vais appeler le procureur et tu prépares la mise en examen pour l'admission en prison…

François ramassa ses papiers en prenant son temps et se leva. Florian releva la tête, regarda tour à tour les deux OPJ, réalisa que l'heure était réellement grave pour lui, alors il se décida :

— Je n'y suis pour rien dans tout ça, je vais vous dire ce que j'ai fait exactement…

François fit signe à Phil de reprendre le PV puis s'assit à nouveau.

— Nous vous écoutons…

— D'accord, c'est vrai… J'ai gardé le contact avec Marc Kérivel et je l'ai aidé à trouver un logement à sa sortie de prison comme je l'avais fait précédemment pour Jean-Pierre Kermerrien car j'ai de bons rapports avec différentes associations, notamment de réinsertion… Comme nous avions eu vent d'une filière de trafic de stupéfiants sur Douarnenez et Tréboul, Marc s'est débrouillé, je ne sais de quelle manière, pour obtenir des infos.

— Sur Douarnenez même ou sur Tréboul ? Ce n'est pas la même chose !

— Je crois qu'il m'a dit Tréboul, du côté du port de plaisance...

— Vous êtes sûr ?

— Non...

Les deux OPJ se demandaient s'il faisait volontairement une diversion pour s'écarter de la réalité ou s'il disait vrai.

Le doute subsista.

— Continuez !

— Marc est venu me trouver pour me demander de lui procurer une voiture. Il en avait besoin pour la fin de semaine, samedi ou dimanche, au plus tard le lundi, mais en précisant que ça serait bien s'il pouvait en disposer dès le samedi matin. J'ai demandé à un copain...

— Comment s'appelle-t-il ?

— Je ne suis pas obligé de vous répondre !

— Il vaut mieux ! Sinon, je vous garantis qu'on ne va pas vous faire de cadeau alors que si vous êtes plus conciliant, nous le serons aussi.

— De toute façon ce n'est pas grave, lui n'a fait que m'emmener à Quimper, ce qui n'est pas répréhensible que je sache. C'est mon ami Thierry Lanvic. Avec sa vieille bagnole, il m'a déposé près de la gare de Quimper, jeudi après-midi, et il est rentré car, pendant la saison, il fait quelques petits boulots par-ci par-là dans les bistrots ou la restauration, voire des extras en service et, cette année, avec la course des voiliers il va travailler un peu plus longtemps... J'ai donc repéré une voiture classique, relativement anonyme et pas trop difficile à voler, je l'ai prise pour revenir à Douarnenez et l'ai remise à Marc qui l'a garée dans un endroit discret...

— Où ?

— Près d'un chantier naval, boulevard du général de Gaulle. Elle y est restée jusqu'à samedi matin. J'ai revu Marc à ce moment-là, il était avec Jean-Pierre et il m'a dit que c'était imminent et depuis je ne l'ai plus revu... La rumeur a couru qu'il aurait eu un accident à Quimper, mais je n'en sais pas plus, je vous le jure !

— Ne jurez pas ! Dans votre position, raconter n'importe quoi n'a aucune valeur !

— Je ne vous permets pas... c'est la vérité !

— Et combien avez-vous touché pour avoir mis cette voiture à sa disposition ?

— Rien... Il devait me mettre dans le coup de leur combine dès qu'il aurait réussi leur première affaire.

— Qui consistait en quoi ?

— Aucune idée !

— Arrêtez de vous foutre de nous ! De quoi s'agissait-il ?

— Ils devaient récupérer de la drogue et lancer une filière.

— Où ? Quand ? Comment ?

— Mais je n'en sais rien, c'est la vérité ! Depuis, je ne les ai pas revus et c'est pour ça que nous nous sommes retrouvés avec Thierry Lanvic pour échanger nos informations à l'appartement... Car on espérait tous les deux se faire un peu de blé avec Marc et Jean-Pierre et du coup, tout est tombé à l'eau. Je vous garantis, c'est tout ce que je sais...

François eut beau tourner et retourner les questions, ils n'obtinrent rien de plus et ce ne fut pas mieux du côté de Joël Le Traon avec Thierry Lanvic. Les versions correspondaient… Ils signèrent leur procès-verbal que les OPJ remirent au patron afin de voir avec le procureur pour la suite à donner…

Chacun attendit la réaction du commissaire. Elle ne vint pas. Il se contenta de les remercier, l'esprit ailleurs, sans doute était-il préoccupé par autre chose.

Quant à eux, ce n'était qu'un tout petit pas dans leur enquête, mais c'était toujours un élément supplémentaire.

VII

Vendredi 11 septembre. Fin d'après-midi.

Phil et François décidèrent de se rendre au débotté chez Huguette Le Pénity; cette dernière allait devoir s'expliquer. Ensuite, ils s'occuperaient de son compagnon.

Dès que François frappa, elle se présenta à la porte. Son visage s'était crispé, elle ne les attendait visiblement pas. Très contrariée par leur venue, elle accepta de les faire entrer. La bonne surprise fut qu'elle était en compagnie de Georges Le Kamm! Phil et François leur demandèrent de les suivre. Très mal à l'aise, ils obtempérèrent. Georges Le Kamm haussa les épaules, soit par désapprobation, soit par apathie.

Une demi-heure plus tard, ils étaient installés séparément: d'un côté, Huguette Le Pénity avec Phil et François et, de l'autre, Georges Le Kamm avec Joël Le Traon et son collègue.

Huguette Le Pénity ne se trouvait plus en position de plaignante et la compassion précédemment affichée par François lors de sa venue avait totalement disparu. Il se montra même plutôt ferme :

— Nous allons être clairs avec vous, Madame. Après votre dépôt de plainte, nous avons enregistré les déclarations de votre fille, Karine, puis celles de votre époux, Serge, et celles-ci sont en totale contradiction avec les vôtres !

— C'est ça, je vous vois venir, vous accordez plus de crédit à l'homme qu'à la femme ! protesta-t-elle.

— S'il vous plaît, Madame ! Je vous rappelle la gravité des faits que vous nous avez relatés qui, s'ils ne sont pas avérés, vont faire que vous vous exposez à des poursuites sur le plan juridique désormais. En êtes-vous bien consciente ? lui demanda François visiblement en colère à présent après la première contradiction de madame Le Pénity.

— Oui…

Elle approuva également de la tête, évitant le regard de François.

— Ce qui signifie que nous allons devoir reprendre tous vos propos et déciderons de la suite au vu de ce que vous allez nous déclarer.

— Je vous ai dit la vérité ! cria-t-elle.

Mais cette exclamation revêtait plus un aspect pathétique de désespoir et de fierté mêlés qu'elle tenait apparemment à conserver vis-à-vis des OPJ.

— Attention, Madame, il nous faudra à présent des éléments de preuves que vous avez toujours refusé de donner, semble-t-il, auprès de l'association qui vous a trouvé votre logement et auprès de laquelle vous avez évoqué votre situation de femme battue afin qu'elle vous vienne en aide. Alors, confirmez-vous que votre époux vous battait?

— Ce n'était pas si violent et il n'y avait pas de traces!

Elle avait tenu ses propos du bout des lèvres, tête baissée. Elle avait perdu son assurance et visiblement les deux OPJ sentaient bien qu'elle allait revenir rapidement sur ses déclarations et peut-être retirer sa plainte.

— C'est oui ou c'est non, vous n'avez pas d'autre alternative! Et pour nous il s'agit de savoir si vous maintenez ou non votre déposition pour ce premier point.

— Je la retire…

Pour ne pas perdre la face, elle tenta un dernier sursaut:

— J'ai hélas fait l'erreur de n'avoir conservé aucune preuve.

— L'enquête que nous avons menée ne semblait pas aller dans votre sens… À ce sujet, rappelez-nous la raison qui vous a conduite à quitter le domicile conjugal?

— Je vous l'ai dit!

— Oui, mais nous détenons une autre version.

— Laquelle? demanda-t-elle irritée.

— Ne serait-ce pas plutôt que votre époux vous aurait surprise, dans votre chambre conjugale, en situation… disons intime avec son salarié?

Elle baissa la tête une nouvelle fois et son apparence donnait à penser qu'elle venait de comprendre que la réalité avait pris la place de son mensonge.

— D'ailleurs, mon collègue est en train d'interroger votre compagnon à ce sujet; aussi vaut-il mieux que vous nous disiez la vérité, toute la vérité, et que nous en restions là, vous ne croyez pas ?

Elle approuva de la tête, boudeuse et renfrognée.

— Nous voulons une réponse claire de votre part concernant ce volet. Revenez-vous sur vos propos et dans ce cas, oui ou non, annulez-vous votre déposition ?

— Oui.

— Bien, nous l'enregistrons ainsi. Quant à votre fille Karine à présent, inutile de nous faire perdre notre temps, car celle-ci nie farouchement votre version et nous affirme que c'est vous-même qui la lui avez suggérée pour vous rendre service personnellement. Mais lorsqu'elle a appris les risques encourus par son père, elle nous a dévoilé votre machination... Alors, que faites-vous sur ce second point ?

— Je retire...

— Nous annulons donc en totalité votre première déposition et allons pour cela vous faire signer un procès-verbal. Pendant que mon collègue se charge de la partie administrative, expliquez-nous pourquoi toute cette mascarade et qui en a eu l'idée ?

— Mon mari gagne et semble disposer d'énormément d'argent et je voulais en récupérer une grande partie et mieux, s'il était arrêté, le divorce serait même obtenu à ses torts. De ce fait, Georges me disait que nous aurions aussi pu récupérer sa boîte...

— Beau programme ! Votre mari travaille comme un forcené pour tout payer y compris l'aide qu'il apporte à sa fille et vous voulez le spolier, le jeter en prison et avec votre amant, prendre possession de tout et vivre la grande vie j'imagine !

— C'était une idée de Georges. Il m'a toujours prétendu que mon mari magouille toutes ses affaires, qu'elles ne sont pas toujours très nettes et qu'il l'aurait surpris avec une valise pleine d'argent liquide, alors il fallait le faire tomber et de là… tout récupérer.

— C'est donc lui qui a eu l'idée de la femme battue, ce qui aurait pu marcher d'ailleurs si vous aviez pris quelques dispositions ; et, celle bien plus grave… celle de l'inceste ! Vous n'avez pas honte ? Ne serait-ce que par rapport à votre fille qui nous a donné l'impression d'adorer son père. Votre machination est diabolique, vous êtes un duo machiavélique ! Votre place à tous les deux n'est pas en liberté mais en prison !

Cette fois, François était hors de lui et devait se contrôler, il éprouvait tellement de dégoût pour cette femme qui était prête à tout… et à présent, après tout le mal qu'elle avait voulu faire, cela ne lui suffisait pas, voilà qu'elle semblait disposée à jeter l'opprobre sur l'entreprise de son époux… Mais elle avait désormais perdu toute crédibilité.

Peu après, Phil, François, Joël Le Traon et son collègue se retrouvèrent dans le bureau du patron. Bien entendu, tout en étant similaire, la version était diamétralement opposée. Pour Georges Le Kamm, c'était Huguette qui avait tout manigancé, même s'il reconnaissait que c'était dans le but de les servir tous les deux et qu'ils étaient d'accord.

Par contre, Georges Le Kamm s'était montré plus prolixe sur les affaires douteuses que pouvait réaliser Serge Le Pénity. Selon lui, il magouillerait sur de faux transports de voitures accidentées et a priori sur de faux papiers, sans qu'il ne puisse en dire davantage sur la façon concrète de procéder qu'il n'avait jamais réussi à comprendre vraiment. Mais il semblait formel et c'était pour cette raison que Serge, avec a priori la complicité de son salarié, disposait de beaucoup d'argent liquide. Finalement Joël fit appel à François pour le pousser un peu plus loin et lui demanda d'assister à la fin de l'interrogatoire.

— Expliquez-nous très concrètement, lui demanda Joël, comment on peut magouiller sur une voiture que l'on remorque dans la région ? On peut le faire certes en arnaquant un peu les compagnies d'assurances… mais pour gagner quoi ? Tout au plus quelques centaines d'euros, de temps en temps, ce qui est surprenant, d'autant plus que les garages qui font du remorquage sont le plus souvent payés par virement directement par les compagnies et là je ne vois pas apparaître l'argent liquide. Qu'est-ce qu'il reste ? Quelques particuliers parfois qui ne peuvent faire jouer leur assurance ? Cela ne va pas très loin.

— Je vous certifie qu'il se passe quelque chose mais je ne sais pas exactement. Il arrive souvent qu'une même voiture accidentée parte et revienne et je les ai entendus, l'un comme l'autre, parler de navette sur Bordeaux…

— Sur Bordeaux ? Là, je vous avoue ne rien comprendre.

— C'est sûr qu'il y a quelque chose, mais je ne sais pas quoi…

— Et cela dure depuis longtemps ?

— Ils ont commencé ce trafic juste avant que je ne sois obligé de quitter l'entreprise, ce qui, finalement, devait bien les arranger !

— Comment ça ?

— Mon départ tombait à pic et leur permettait d'être tranquilles…

— Cela veut donc dire qu'ils ont commencé il y a deux ans.

— Deux ans et demi, soit un peu plus de six mois avant mon départ.

— Comment considérez-vous votre collègue salarié de l'entreprise ?

— Pour moi, il a l'air d'un gars bien, bosseur, il ne fait pas de bruit et assure avec compétence.

— Bien, nous allons voir cela de plus près. Nous avons rencontré Serge Le Pénity qui nous a dit que dès qu'il avait le dos tourné, il vous arrivait de faire des petites magouilles, question d'arrondir vos fins de mois…

Il se redressa et afficha un visage déterminé, presque en colère, et continua d'une voix dont le timbre allait crescendo :

— Il vous a dit ça ? Il est gonflé ! Je ne prétends pas être tout à fait *clean* de ce côté-là, mais il n'avait qu'à mieux me payer aussi, je touchais une misère… Vous n'êtes pas d'accord avec moi ?

— Ce n'est pas une raison pour tricher, mais ça en la matière, vous connaissez…

Son air de délateur mielleux, de faux-cul et de lèche-bottes commençait à exaspérer François.

— N'exagérez pas… Je peux même vous dire qu'il se murmure qu'il se passe de drôles de choses dans la maison depuis que sa femme et sa fille sont parties vivre ailleurs. Vous voyez, je suis au courant de pas mal de choses, moi…

— Ah bon ? Quoi par exemple ?

— Je ne sais pas…

— Bon, vous savez ou vous ne savez pas ?

— Renseignez-vous !

— Ça suffit comme ça, passons ! Dans cette affaire, c'est la parole de l'un contre la parole de l'autre et ce n'est pas la question du moment… Quant aux rumeurs, méfiez-vous, elles colportent souvent n'importe quoi !

Cependant, Georges Le Kamm ne perdait pas le fil de son affaire et continuait :

— Par rapport à ce que je vous ai appris… Vous en tiendrez compte dans mon affaire pour que je ne sois pas inquiété ni Huguette non plus ? demanda-t-il, servile.

— Nous verrons.

Les OPJ prirent bonne note, mais tout restait à prouver. S'agissait-il d'un baroud d'honneur de la part de Georges Le Kamm, prêt à tout pour sauver la face en balançant n'importe quoi après avoir été mis en échec devant leur tentative de machination ? Existait-il un fond de vérité dans ces révélations ? se demandaient-ils.

La nuit s'installait lorsqu'ils terminèrent leurs charges administratives. La situation était sérieuse et il convenait de tout enregistrer, pour le cas où toutes ces affaires referaient jour ultérieurement…

Le soir même, sans grande conviction, Phil lança une procédure d'investigation financière sur les comptes bancaires de Serge Le Pénity de même que sur ses documents comptables…

François avisa le commandant de la gendarmerie de Douarnenez, car curieusement, la ville semblait être l'épicentre de toutes les affaires du moment.

Le commandant lui indiqua qu'il demanderait à ses équipes d'être plus attentives et de ne pas hésiter à patrouiller davantage du côté du port de pêche de Douarnenez, ainsi qu'à Tréboul. De la même manière, il allait se pencher sur l'entreprise de dépannage et de remorquage de Serge Le Pénity, mais de ce côté, il ne s'attendait pas à beaucoup de révélations. Avec la Mini-Transat, la gendarmerie avait déjà suffisamment de travail et ne pouvait envisager d'en faire plus. Selon l'évolution, ils convinrent de reprendre tout cela après le 19 septembre, date du départ de cette course. Quoi qu'il en soit, ils se tenaient au courant.

Nathalie Le Bourgeois-Godard, des TIC de Rennes, appela Phil, qui lui demanda aussitôt :

— Tu travailles encore à cette heure ?

— Oui, on est un peu chargés en ce moment !

— Alors comment ça va ? Je ne t'ai pas sentie très bien l'autre jour ?

— Non, c'est vrai, j'ai des soucis avec Nino, mon plus jeune garçon…

— De quel genre ?

— Santé, mais je t'en parlerai davantage un autre jour.

Phil n'insista pas et après un petit silence, elle reprit :

— J'ai reçu de la balistique les résultats concernant le meurtre découvert sur le port de Douarnenez. Il s'agit d'un calibre 9 mm parabellum, mais sans l'arme nous ne sommes pas beaucoup plus avancés. J'ai le rapport détaillé et je conserve toutes les pièces pour le cas où on en aurait à nouveau besoin. Une seule arme a été utilisée. Toi, as-tu avancé de ton côté ?

— Oui et non… On a juste retrouvé celui qui a mis la voiture volée à la disposition des deux victimes, avec à la clé, un trafic de stupéfiants. Mais ça, on le savait d'entrée au vu de la drogue découverte dans la voiture. Nous avons appris que ça se passerait à Douarnenez ou à Tréboul, une anse sépare les deux. Mais rien d'autre…

— Oui, c'est maigre. On se tient au courant, à plus !

Phil resta songeur en pensant que le petit garçon de Nathalie pouvait déjà avoir des ennuis de santé. Mais de quel ordre ? se demanda-t-il.

Il en discuta avec François, puis la conversation porta sur le week-end qui se présentait. Ils n'étaient en effet pas de service.

— J'imagine que tu vas te rendre à Douarnenez ? demanda Phil.

— Même pas, nous allons bosser sur mon bateau. Ce n'est que le début de la manifestation, nous irons plutôt dans huit jours pour le départ ! Et toi, tu vas te balader ?

— Oui, vu le temps superbe, on va peut-être se faire un petit plaisir, décapoter la Porsche et se rendre du côté de Bénodet !

— Du coup, tu as deux voitures de collection à présent.

— Oui, et j'ai une vue sur une autre, une Volkswagen Golf Cabriolet, grise, de février 1984, boîte automatique…

— Mais tu n'arrêtes pas !

— Non ! Sur ces véhicules, la mécanique n'est pas très complexe, il n'y avait pas encore d'ordinateurs de bord alors j'aime bien m'en occuper, les entretenir, bref, mettre les mains dans le cambouis !

— Chacun son plaisir !

— Ce sont des voitures qui sont au plus bas de leur cote. Une fois classées « voitures de collection », elles ne passent au contrôle technique que tous les cinq ans et elles ne peuvent que prendre de la valeur, aucun risque à terme !

— Je te crois, mais là, je n'y connais rien !

— Sur ces mots, bon week-end et à lundi !

VIII

Lundi 14 septembre.

Le week-end avait été apprécié par chacun et, ce matin-là, en dehors des informations sur de nouvelles circulaires ou procédures dont ils étaient déjà suffisamment abreuvés, la réunion avec le patron n'apporta rien de plus.

Vers dix heures, par contre, branle-bas de combat. Phil et François étaient convoqués d'urgence dans le bureau du patron, le commandant de la gendarmerie de Douarnenez et dans la foulée le procureur venaient d'appeler.

— Que se passe-t-il ? demanda François en s'asseyant à sa place habituelle en face du patron, Yann Le Godarec.

— On vient de découvrir une personne tuée par balle… suicide ou meurtre on ne sait pas encore… Étant donné la charge de la gendarmerie en ce moment, le procureur vous demande d'y aller et en fonction de ce que l'on y découvrira, il décidera à qui confier l'enquête.

— Où devons-nous nous rendre ?

— C'est sur la commune de Kerlaz, qui touche Douarnenez. Vous devrez prendre un chemin qui s'appelle Hent Coat Pin, voici les détails et l'adresse exacte.

— D'accord, je vais la rentrer dans le GPS, annonça Phil.

— Les TIC de Rennes ont également été appelés.

— Décidément, en ce moment Douarnenez est chaud ! se contenta de rajouter François.

Sans plus attendre, les deux OPJ prirent la direction de Kerlaz.

Juste avant de descendre vers la plage du Ris, en venant de Quimper, la voix du GPS les invita à tourner à droite puis aussitôt à gauche pour emprunter le chemin Hent Coat Pin qui longe la côte et domine la magnifique baie de Douarnenez. La vue était splendide, avec sur la gauche de la baie Douarnenez toute proche et, sur la droite, la presqu'île de Crozon.

— Regarde un peu… C'est vraiment superbe ! s'exclama François.

Phil, fort occupé à conduire sur cette route très étroite, profita de l'absence de passage de voitures pour s'arrêter juste quelques secondes :

— En effet, époustouflant ! répondit-il alors.

Puis ils parcoururent encore quelques centaines de mètres et virent les voitures de la gendarmerie garées dans l'allée menant à une somptueuse villa qui bénéficiait d'un panorama imprenable et exceptionnel. Ils stoppèrent. Le commandant de la brigade vint aussitôt vers eux.

— C'est l'épouse, qui, en arrivant ce matin, a découvert son mari, assis, la tête posée sur son bureau baignant dans une mare de sang, la main droite pendante et un pistolet sur le sol. Ça ressemble fortement à un suicide. Nous avons bloqué l'accès à la pièce pour ne pas polluer les lieux. Nous attendons Nathalie Le Bourgeois-Godard qui va venir avec son équipe. Elle devrait arriver d'une minute à l'autre, il faut un peu plus de deux heures pour venir de Rennes.

— Les résidents de cette villa habitent-ils ici à l'année ?

— Non, il s'agit de leur maison secondaire. Lui, c'est Jérôme Le Vincin, pédiatre dans un centre hospitalier de Vannes. Son épouse est également médecin, mais je n'en sais guère plus. Ils venaient ici pour quelques jours, comme ils le font régulièrement. Lui est arrivé samedi dans la journée et, elle, ce matin car elle était de service ce week-end.

— En ce moment, ça part dans tous les sens, mais là je dois reconnaître que cela ressemble plus à un suicide qu'à un meurtre non ? demanda François au gendarme.

— C'est aussi ce que je pense, je ne vois pas bien pourquoi un pédiatre de Vannes serait victime d'un meurtre ici à Kerlaz. S'il y avait eu meurtre, Vannes serait plus logique dans cette éventualité.

— Effectivement, je partage ce point de vue. Sauf si la femme veut profiter d'un alibi en béton pour faire supprimer son mari ?

— Tout est possible !

— Pourrait-on la rencontrer ?

— Tout à l'heure, elle était très mal… Mais allons-y.

La femme était effondrée. François s'adressa à elle :

— Nous comprenons votre douleur et le choc que représente une telle situation… Pouvons-nous néanmoins vous parler, cela ne prendra que quelques minutes et selon les résultats qu'obtiendront les spécialistes, nous nous reverrons, d'accord ?

Elle approuva de la tête et indiqua un endroit pour s'asseoir dans le séjour particulièrement spacieux et éclairé par de grandes baies vitrées qui offraient une vue sans partage sur la Baie de Douarnenez.

— Son comportement vous a-t-il paru différent, ces derniers temps ? Même si cela vous semble très anecdotique.

— Non… Pas du tout. Il était joyeux et en pleine forme, il s'entretenait et avait toujours une excellente hygiène de vie.

— Son travail pouvait-il être une source de soucis, de stress, de tension extrême, jusqu'à conduire au *burn out* par exemple ?

— Absolument pas, il gérait parfaitement son temps, son travail et son équilibre.

— A-t-il déjà eu dans le passé des volontés suicidaires ?

— Pas du tout, il tenait trop à la vie, il m'a téléphoné hier soir encore pour me dire combien il était heureux d'être ici, qu'il m'attendait et que je ratais un coucher de soleil magnifique…

— Avez-vous des participations dans le centre hospitalier où vous exercez tous les deux ?

— Oui.

— Comment vont les affaires financières ?

— Très bien et contrairement à certains centres hospitaliers publics, nous gagnons de l'argent…

— Si un détail, si infime soit-il, vous revenait, inhabituel à vos yeux, que ce soit au travail ou dans la vie privée, ou une rencontre, pourriez-vous nous le signaler ?

— Oui…

— Savez-vous s'il a reçu une visite depuis son arrivée ?

— Nnnon… Je ne pense pas.

— Excusez-nous d'être indiscrets, mais, vos relations de couple étaient-elles sans nuage ?

— Parfaitement, sans la moindre ombre !

— Que ce soit dans la vie privée ou professionnelle, auriez-vous surpris une communication téléphonique, un SMS voire un courriel qui aurait été de nature à le déstabiliser ?

— Il ne s'est rien passé de tel récemment et nous n'avons pas de secret l'un pour l'autre… À deux nous sommes plus forts.

— Possédez-vous une arme, genre pistolet ?

— Non, même pas un fusil de chasse, mon mari et moi-même avons horreur des armes.

— Comment expliquez-vous la présence de celle-ci ?

— Je ne me l'explique pas et je peux vous certifier que cette arme ne nous appartient pas !

— Bien, nous vous remercions. On nous signale que les techniciens viennent d'arriver, ceux-ci découvriront peut-être des éléments qui répondront à nos interrogations.

Ils sortirent de la maison pour accueillir Nathalie et son équipe. Ils s'empressaient déjà de sortir leurs valises de leur fourgon…

— Alors ? leur demanda-t-elle.

— Bizarre ! se contenta de répondre Phil.

Tandis que François et le commandant de gendarmerie venaient de s'éloigner pour aller discuter avec les collègues gendarmes présents, Phil lui demanda :

— Ça va ?

— Un peu difficile et s'il faut que je revienne sans arrêt par ici, cela ne va pas m'arranger !

— Oui, c'est un drôle de concours de circonstances. Tu ne pourrais pas prendre un peu de congés ?

— En ce moment, ce n'est pas évident… Tiens, tant que j'y pense, je t'invite à regarder ce soir *Cash Investigation*.

— C'est sur la deux avec Élise Lucet, c'est ça ?

— Oui, tu n'oublies pas ce soir, et après, si tu veux, nous en reparlerons et je t'expliquerai ce qui m'arrive…

— Ah bon ? Quel rapport ?

— Tu verras… C'est sur les hôpitaux, les molécules et les laboratoires, les actes et bien d'autres éléments aussi scandaleux et tout cela au détriment de la sécu, du contribuable et de notre santé… Mais comme toujours bien sûr, au profit d'une petite poignée…

— Je te sens remontée.

— Plus que ça, je te laisse car je vois que mes gars ont déjà enfilé leur tenue, à plus…

Pensif et dubitatif suite aux propos de Nathalie, Phil rejoignit François avec qui il n'évoqua pas cet entretien. Le commandant de gendarmerie avait demandé à ses équipes de repartir à Douarnenez, il ne servait à rien d'être aussi nombreux ici.

Ils avertirent le patron, Yann Le Godarec, ainsi que le procureur, des premiers éléments recueillis.

Ils reconnurent Sandrine Feunteun, la légiste de Quimper, qui arrivait à cet instant. Ils l'avaient manquée à Douarnenez, lors du meurtre sur le port. Phil se dirigea vers elle pour la saluer et échanger brièvement :

— Décidément en ce moment, la région de Douarnenez nous appelle ! Cette fois, c'est l'un de vos confrères qui en est la victime, semble-t-il !

— Oui, c'est ce que l'on m'a dit… On se voit tout à l'heure ?

La légiste rejoignit Nathalie et son équipe dans la luxueuse maison.

Phil se tourna une nouvelle fois vers la baie de Douarnenez. Un merveilleux spectacle de ciel et de mer aux couleurs jaspées s'offrait à son regard et le soleil piquetait la surface de millions d'aiguilles irisées. Un peu plus bas que la propriété de l'autre côté de la route et d'un petit champ tout en longueur, le fameux GR 34 suivait la côte au plus près. Phil apercevait furtivement de temps à autre quelques marcheurs aux vêtements colorés qui glissaient entre ajoncs et fougères. Fabuleux, effectivement, se dit-il en revenant vers François.

— Je vais faire un saut vers la gauche et toi la droite, question de savoir si les voisins ont vu ou entendu quelque chose, proposa François à Phil.

Un peu plus tard, ils revinrent bredouilles. De chaque côté, une imposante villa trônait au beau milieu d'un parc arboré. Toutes les deux étaient inoccupées, ce qui limitait dès le départ la source d'informations. Au-delà de ces maisons, on s'éloignait vraiment de la villa du docteur. Une enquête de voisinage plus élargie serait nécessaire et permettrait de s'assurer que personne n'avait rien vu.

Une heure plus tard, Sandrine Feunteun et Nathalie revenaient ensemble vers Phil, François et le commandant de gendarmerie. Nathalie tenait un sachet de scellés en nylon transparent.

— Les premières constatations sont surprenantes… Voici l'arme que nous avons découverte sur le sol. C'est un SIG Pro 2022, un pistolet de fabrication suisse-allemande, calibre 9 mm parabellum. C'est ce qui équipe les services de police, gendarmerie et douanes notamment.

François se saisit des scellés qu'il examina à travers le sac.

— C'est bien le type d'arme qui a été signé par le ministre de l'Intérieur, Nicolas Sarkozy, en 2002, qui devrait en principe faire vingt ans d'où l'appellation SIG Pro 2022. Il est équipé d'un chargeur de quinze cartouches…

— Oui, justement, il ne reste que onze cartouches dans ce chargeur et ici, une seule a été tirée, on va voir avec la balistique à Lyon, mais c'est étonnant de trouver cette arme ici, espérons qu'aucun de nos collègues n'est concerné ! s'exclama Nathalie.

François se tourna vers la légiste :

— Avez-vous estimé l'heure du décès ?

— Je dirais hier soir, sur le coup de vingt-deux heures environ.

— La mort a été instantanée et le tir serait parti de trop loin, je veux dire au-delà de la longueur d'un bras, pour que ce soit un suicide ; c'est-à-dire que ce n'est pas un tir à bout de bras et encore moins à bout portant, surtout que, selon son épouse que nous venons d'interroger, Jérôme Le Vincin est gaucher. La situation montre que tout a été « organisé » comme s'il avait tiré de la main droite, qui ne comporte d'ailleurs pas la moindre trace de poudre, un peu grossier pour faire croire à un suicide ! Il ne semble pas faire l'ombre d'un doute qu'il s'agisse d'un meurtre ! Bien sûr, on ne retrouve que les empreintes du docteur sur l'arme, mais de telle façon que ça ne trompe personne… Je ne relève que celles de sa main droite et une seule fois, comme s'il ne l'avait jamais manipulée avant, rajouta Nathalie.

— Oui, je vois… Nous sommes plus dans le cas d'un règlement de compte qu'autre chose, si je vous comprends bien ? demanda François.

— C'est ce que je pense, mais il ne s'agit que d'un premier ressenti et nous sommes très loin d'avoir tout analysé, nous en avons encore pour une bonne partie de la journée sur place…

Ils gardèrent le silence quelques secondes, chacun à sa réflexion. Phil s'exprima le premier :

— Des morts par balle, ce n'est pas banal, mais ici ? Le lieu paraît incongru. Cependant cela nous amène à repenser au précédent meurtre et à faire le rapprochement notamment avec le contenu du chargeur que vous avez dans les scellés… On se souvient que trois balles avaient été tirées dans le corps de l'homme découvert dans la benne à ordures sur le port et ici nous en découvrons une, ce qui porte le total à quatre balles tirées… Or ce chargeur qui en contient quinze à plein, n'en contient plus que onze… Je trouve la coïncidence trop importante voire troublante.

— C'est aussi ce que je me disais à l'instant, évoqua le commandant de gendarmerie.

— Et dans les deux cas, nous sommes bien dans du 9 mm parabellum, rajouta François tout en approuvant de la tête ce qui venait de se dire.

— Je ne vois vraiment pas le rapport entre ces deux affaires et pourtant la ficelle est trop grosse pour ne pas la remarquer… La balistique va nous le dire ! lâcha Nathalie. Par contre, si Sandrine a terminé, vous pouvez appeler les Pompes Funèbres et faire diriger le corps vers l'IML de la Cavale Blanche à Brest.

La légiste confirma que pour elle c'était fini et c'est donc ce qu'ils firent. Puis elle s'en alla, tandis que Nathalie rejoignait son équipe dans la maison, le sachet de scellés en main.

Peu de temps après, le patron appela François pour lui signifier qu'au vu des fortes présomptions de lien entre ces deux affaires, le procureur le nommait directeur d'enquête, pour ce nouveau dossier à annexer au précédent, à condition toutefois de travailler en bonne intelligence avec la gendarmerie de Douarnenez qu'il avisait de cette décision.

En cours d'après-midi, le corps partit vers Brest et le commandant de gendarmerie et son collègue ainsi que les TIC s'en allèrent à leur tour, emportant téléphone, ordinateur et autres scellés.

Phil et François souhaitèrent faire un dernier point avec l'épouse avant de quitter les lieux dont ils voulaient s'imprégner, en attendant de recevoir tous les résultats, que ce soient ceux de la légiste ou ceux des TIC.

Ils s'installèrent avec elle dans le séjour.

— Votre époux avait-il des contacts ou des relations avec une personne en particulier de la police, de la gendarmerie ou des douanes ?

— A priori, je ne crois pas, non.

— Connaît-il une ou plusieurs personnes sur la communauté de communes de Douarnenez, c'est-à-dire jusqu'à Tréboul et dans les environs immédiats ?

— Non, je ne pense pas. Nous venons ici une dizaine de fois par an, plus longuement en été, entre le week-end du 14 juillet et celui du 15 août. En dehors de nos voisins immédiats qui font comme nous, dont l'un est banquier et l'autre dans l'industrie, de quelques amis de Vannes que nous recevons, ou de la famille, nous n'avons guère de relation ni de rapport avec la population locale… Non, je ne vois vraiment pas. Lorsque le temps le permet, nous nous rendons à la plage de Trezmalaouen, un peu plus bas, et plus rarement à celle du Ris et ne recherchons pas plus que cela les rencontres.

— Depuis le 15 août, quand êtes-vous venus ici ?

— Les 4, 5 et 6 septembre, du vendredi dans la journée jusqu'au dimanche dans la soirée.

— Étiez-vous accompagnés ? Avez-vous reçu quelqu'un ?

— Non, rien que nous deux pendant près de trois jours, le temps était superbe, nous aimons bien nous retrouver ainsi.

— Qu'avez-vous fait de précis ?

— Nous avons été marcher sur le GR 34 jusqu'à la plage de Sainte-Anne-la-Palud. Le samedi soir, nous avons dîné dans un restaurant sur le port du Rosmeur, et le dimanche midi, nous avons déjeuné en terrasse à Tréboul, face au port de plaisance…

— Avez-vous remarqué quelque chose de particulier au cours de ces sorties ?

— Non. Mais nous n'étions pas seuls dans ces différents endroits, il y avait beaucoup de monde.

— Devait-il recevoir quelqu'un hier soir ? Ou quelqu'une, d'ailleurs ?

— Pas que je sache !

— Nous avons remarqué qu'il faut un code pour ouvrir votre portail et sonner pour entrer, c'est bien ça ?

— Oui, mais c'est purement de façade. Vous avez bien vu qu'en dehors de la bordure de la route pour les voitures, n'importe qui peut entrer sur le terrain, ne serait-ce que par chez l'un des deux voisins ou par l'arrière qui n'est pas clôturé et qui donne sur un champ simplement séparé par une petite haie clairsemée ; pour un homme agile, il n'y a rien de plus simple pour accéder à notre propriété et, dès lors, il suffit de venir frapper à la porte ou de s'introduire dans la maison par une ouverture quelconque. Il fait très beau en ce moment et plusieurs baies devaient être ouvertes, nous ne prenons guère de précautions, nous sommes tranquilles ici, il ne s'est jamais rien passé dans le quartier et nous n'avons aucune raison de nous méfier.

— A priori, selon vous, les lieux ont-ils été fouillés ? Si oui, certains objets ont-ils disparu ?

— Je n'ai rien remarqué pour l'instant.

— Nous vous demandons d'inventorier si possible votre maison et de nous signaler toute disparition.

— Disposez-vous d'argent, d'objets de valeur ou autres qui pourraient intéresser un visiteur mal intentionné ?

— Non, les agencements sont de qualité certes mais n'ont de valeur que dans leur contexte dans la maison.

— Votre époux pratique-t-il des actes de chirurgie ?

— Non.

— A-t-il eu un conflit ou un démêlé avec un de ses patients dernièrement ?

— Non, pas du tout, je n'en ai pas connaissance en tous les cas.

— Avec l'un de ses associés du centre hospitalier ?

— Non, je suis désolée. Mais, que ce soit ici ou à Vannes, je n'imagine pas une seule seconde qu'il puisse être en désaccord grave avec qui que ce soit, encore moins que cela puisse aller jusqu'au meurtre.

Le ton de sa réponse était dépourvu d'affect, comme si elle le faisait mécaniquement, sans trop réfléchir à ses propos.

— Dans ce cas, qui pourrait lui en vouloir au point d'en arriver à cette extrémité ?

— Je ne sais absolument pas et je ne vois vraiment personne dans notre entourage.

— Avez-vous un litige ou un procès en cours, quel que soit le domaine ?

— Non, aucun.

— Avez-vous rencontré la légiste avant son départ ?

— Oui, elle m'a informée de ce qui allait se passer.

— Nous attendons son rapport, celui des techniciens et surtout celui de la balistique. Peut-être que l'arme utilisée nous permettra de remonter une piste. Nous vous tiendrons au courant de nos investigations.

De grands yeux profonds et obscurs lui creusaient le visage à cet instant. Madame Le Vincin fondit en larme lorsque François évoqua le rapport du légiste, en évitant toutefois d'utiliser le mot « autopsie ». Elle tentait vainement de voiler toute sa tristesse, les yeux rougis et humides. Des boursouflures dues à la douleur apparaissaient déjà sur son visage. Elle regardait François et Phil avec une expression de colère et de désespoir mêlés. Elle hochait souvent la tête d'un air obstiné.

En quittant la propriété, Phil et François jetèrent un dernier regard sur la baie qui offrait toujours son spectacle en technicolor, indifférente au chaos de ces lieux. Une douce brise les caressait.

Leur voiture reprit la route courbe qui longeait la côte sur un kilomètre environ, puis ils filèrent sur la route de Quimper. Ils pensaient à cette femme, seule dans cette grande maison isolée, sans voisinage, ni proches à ses côtés après un tel drame. Il y avait quelque chose qui les laissait pensifs. N'avaient-ils vraiment oublié aucun détail ? Ils se creusèrent la tête sans réussir à trouver de quoi il pouvait s'agir. Ils écartèrent le visiteur au clair de lune qui repère une proie facile, car il n'y avait pas trace de vol... C'était autre chose, mais quoi ?

En chemin, Phil ne pouvait s'empêcher de méditer sur les propos de Nathalie, elle semblait si préoccupée par ses soucis personnels, sans le mettre au courant de la situation et lui en donner les véritables raisons. Il préconisa à François de regarder l'émission d'Élise Lucet. Sa réponse fut immédiate.

— C'est ce soir, je sais, je la regarde toujours. Elle, au moins, n'a pas peur de mettre les vérités en évidence, même si les politiques en prennent plein la gueule ! Combien de faux-culs dans ce domaine et de peaux de garces découvre-t-on !

— Il n'y a pas que les politiques !

— Non, non, je sais que mon épouse m'a dit que ce soir c'est sur les hôpitaux et les laboratoires, je pense que ça va encore être très intéressant.

— On en parlera demain !

La conversation revint sur l'enquête en cours puis, de retour au bureau, toute la paperasse administrative qu'ils durent se farcir les occupa largement.

*

Lundi 14 septembre. Soir.

Tandis que Phil et François s'apprêtaient à quitter le commissariat, ils furent appelés par leurs collègues au sujet du trajet des camions espagnols qui avaient été équipés d'une balise. Ces derniers, après avoir franchi la frontière française à Irun, avaient emprunté l'autoroute pour en sortir après Bordeaux et prendre la direction de Limoges, sans doute pour limiter les péages uniquement car il n'y avait pas eu d'arrêt suspect ni d'écart anormal sur le parcours ni de détour. Ils approchaient à présent de Rungis. À leur arrivée, quelle qu'en soit la destination, une descente avec perquisition approfondie était envisagée. Il fallait en avoir le cœur net… Ils espéraient de la drogue en premier lieu mais ne seraient pas étonnés de découvrir des pouces-pieds, voire des ormeaux… Ou tout type de trafic pouvant s'avérer juteux…

Phil regagna son domicile tandis que François restait au bureau à attendre les résultats de la fouille des camions.

Quelques heures plus tard, il apprit que la perquisition n'avait rien donné. Aucun élément frauduleux à mettre à la charge du transporteur, simplement un transport classique de poissons en camion réfrigéré.

La déception était grande… En tous les cas, s'il y avait trafic, ce n'était pas obligatoirement à chaque trajet et cette descente brutale ne pouvait que mettre les sens des trafiquants en éveil et les rendre encore plus prudents. Ceci n'arrangeait pas l'enquête en cours…

IX

Mardi 15 septembre. Matin.

Phil et François arrivèrent au travail un peu avant l'heure. Ils aimaient ce moment qu'ils s'accordaient avant de commencer la journée. Ils ne comptaient pas leurs heures.

Autour de la machine à café, l'essentiel de la discussion concernait l'émission de la veille sur la deux : *Cash Investigation*.

Tous étaient écœurés par les agissements de certains hôpitaux amenés à pratiquer des actes chirurgicaux inutiles pour le patient, tels que l'ablation de la prostate, à tour de bras, à Limoges, uniquement dans le but de facturer des honoraires à la Sécurité Sociale pour tenter d'équilibrer leur bilan financier. D'autres hôpitaux retardaient des décès pour encaisser, là aussi, des journées supplémentaires remboursées par les organismes sociaux. Sans parler des cabinets spécialisés, comme Altao, rémunérés largement pour pratiquer le surcodage et toujours au détriment de la Sécurité Sociale !

En un mot, cette caisse arrosait, du moins une poignée de bénéficiaires, et continuait à creuser irrémédiablement son déficit ! Comment pouvait-on continuer à accepter de telles situations ? Certaines personnes, politiques notamment, avaient beau jeu de dire qu'il fallait supprimer le remboursement de certains médicaments ou prestations à des patients dont les revenus étaient souvent très faibles et qui en avaient réellement besoin, pour ainsi économiser quelques millions et par ailleurs distribuer royalement des milliards à d'autres sans même en regarder le bien-fondé et sans discuter ! Toujours cette terrible orientation qui consiste à prendre un peu à tous les pauvres pour donner beaucoup à quelques riches…

Coluche avait bien raison dans son sketch et rien n'était près de changer dans les conditions actuelles ! Navrant et révoltant !

Le ton devint très vif lorsqu'ils évoquèrent l'ANSM[13] et notamment les statines[14], avec tous ces experts qui y officiaient mais qui étaient aussi grassement payés par les laboratoires concernés afin que les études soumises répondent aux intérêts des laboratoires et non pas à ceux des patients… Résultat : des milliards de déficit supplémentaires pour la Sécurité Sociale et des milliards de profits en plus pour les laboratoires et tout le système de la « pharmacodélinquance »…

13. *Agence Nationale de Sécurité du Médicament et des produits de santé.*

14. *Molécules utilisées pour la diminution du taux de cholestérol dans le sang. Leur intérêt et leur utilité sont actuellement contestés par un certain nombre de chercheurs et de cliniciens.*

— Et quand je vois cette connivence avec tous ces médecins concernés pour établir des ordonnances dans ce sens ! Ces derniers bénéficieraient de plusieurs millions d'euros de la part de ces laboratoires ! C'est du foutage de gueule ! s'exclama brutalement Joël Le Traon. Et personne ne dit rien, on laisse faire !

— Situation très triste, abjecte et méprisable pour nous, patients et contribuables ! s'écria Phil. À chaque fois qu'un scandale éclate, qu'il soit économique, sanitaire ou politique, je me pose toujours la même question : qui a pu se croire tout-puissant au point d'imaginer que cela ne se saurait jamais ? Je remarque que ce sont souvent des inconnus « aux pieds sur terre » qui lancent l'alerte. Une Irène Frachon à Brest pour le Médiator, un professeur d'université d'une bourgade de Virginie Occidentale pour Volkswagen et, ici, une journaliste de *Cash Investigation* pour cet ignominieux sujet des hôpitaux et des statines ! Et les victimes dans tout ça ? Des centaines de milliers aux États-Unis se regroupent pour lancer une *class action* qu'ils vont mettre des années à gagner, et à qui les laboratoires verseront une misère qu'ils ont déjà largement provisionnée ! Mais qu'attend-on pour mettre enfin un vrai coup de pied dans la fourmilière ?

— Oui, j'ai été très surpris de voir le « vertueux » Martin Hirsch s'exprimer en tant que directeur général des hôpitaux de Paris. À l'écouter, je me suis dit qu'il était loin, le président d'Emmaüs… Comme elle est loin aussi, la pauvreté et la jeunesse[15] quand on voit ce qui se passe dans les

15. Martin Hirsch a notamment été président d'Emmaüs France et de l'Agence

hôpitaux qu'il dirige ainsi que dans ces logements occupés en principe par des salariés. Mais qui les occupe réellement, hein ? Pour un grand nombre, nenni ! Affligeant ! Changez de casquette à l'agneau et il devient loup ! Pas un pour redorer le blason de l'autre ! Les hommes politiques me dégoûtent de plus en plus… se contenta de souffler François.

— Dans notre société, nous sommes en train de franchir une étape dans le cynisme absolu et surtout l'imposture. Il faudrait désormais que de nouvelles lois s'imposent et que la notion de « crime » soit reconnue dans des situations comme celles-ci et conduise donc jusqu'au jugement aux assises. Là, nous commencerons peut-être à freiner cette propension d'un petit groupe à gagner des milliards. Quand on sait que ces individus sans foi ni loi s'enrichissent au détriment de millions de pauvres gens désarmés ! ajouta Phil.

Le patron apparut à la porte :

— Que se passe-t-il ici ? demanda-t-il, étonné de voir l'excitation ambiante.

— Nous parlons de l'émission d'hier soir, *Cash Investigation* !

— Ah ! Vous l'avez regardée aussi ? Il y a beaucoup à dire et surtout à faire dans le domaine de la santé ! Et auprès de nos hommes politiques… Phil et François, j'ai du nouveau, vous pouvez venir ?

Ils terminèrent leur café, passèrent par leur bureau prendre quelques rapports établis la veille et se rendirent chez le patron.

— Premier élément, l'arme découverte hier chez le docteur Le Vincin. D'après ses références, elle

---

nouvelle des solidarités actives, Haut-commissaire aux solidarités actives contre la pauvreté, Haut-commissaire à la Jeunesse.

appartient à la police ! Elle fait partie d'un lot qui a été volé à Bordeaux il y a un peu moins de deux ans ! Nous n'avons pas encore le rapport de la balistique, mais nous pouvons penser que c'est bien la même arme qui a servi à tuer Jean-Pierre Kermerrien et le docteur Jérôme Le Vincin. Quel rapport entre eux ? Ça, mystère et boule de gomme ! Je viens d'avoir le procureur pour lui rendre compte et du coup, il ne fait plus aucun doute, François, que tu es également le directeur de cette enquête.

— D'accord… Mais il n'en demeure pas moins que, pour notre part, ces affaires se compliquent ! Je pense à monsieur et madame Le Vincin en ce moment. Auraient-ils vu quelque chose qu'ils n'auraient pas dû ? Vous savez… se trouver « au mauvais endroit au mauvais moment » et derrière c'est l'enchaînement… Supprimer celui qui a vu et qui sait…

François consultait ses notes et les rapports du meurtre de Jean-Pierre Kermerrien.

— Je viens de vérifier un point : il s'avère que le couple Le Vincin se trouvait sur le port du Rosmeur le samedi soir, et face au port de plaisance de Tréboul le dimanche sur le coup de treize heures. Certaines personnes ont-elles cru qu'il avait vu quelque chose qu'il n'aurait pas dû voir, alors que lui peut très bien ne pas y avoir prêté attention ?

— Oui, cette coïncidence de lieux est pour le moins curieuse… Mais, il faut peut-être aller chercher ailleurs qu'à Douarnenez ou Kerlaz ce qui peut être la cause ou le motif de ces deux meurtres…

— C'est vrai, mais c'est troublant tout de même, cette proximité restreinte…

— À quoi penses-tu ?

— On ne m'ôtera pas de la tête qu'il y a un lien entre ces navettes de chauffeurs espagnols, ces marins et le port de pêche de Douarnenez… lâcha François.

— Il faut tout de même être déterminé pour venir surprendre le médecin chez lui ! Déjà, il faut savoir qu'il a une résidence secondaire à cet endroit pour venir l'abattre froidement et mettre en place un simulacre de suicide ! répondit le patron.

— Oui, cela me paraît assez compliqué en effet, nous ne devons négliger aucune piste, rajouta Phil.

De retour à leur bureau, Phil contacta les collègues du commissariat central de Mériadeck à Bordeaux. Il n'y connaissait sans doute plus personne, depuis qu'il y avait séjourné lors de son stage d'officier de police judiciaire, juste avant que le commissariat ne s'installe en 2003 à Mériadeck dans des installations très modernes mais aseptisées. En décrochant, il revoyait ces bâtiments anciens de Castéja, bien moins fonctionnels certes que les nouveaux mais tellement plus conviviaux, avec leurs plafonds hauts, leurs murs épais et… toute leur histoire.

— Je vous appelle parce que l'une de vos armes volées vient de refaire surface à Douarnenez…

— Oui, je viens de l'apprendre en réunion, on est en train de ressortir le dossier. Le vol a eu lieu il y a deux ans. On a retrouvé récemment un des pistolets dans une sombre affaire de drogue sur la ville, lors d'un règlement de compte. Depuis plus rien et on n'a pas réussi à attraper les dirigeants de l'organisation, ils se sont volatilisés. Et chez vous, que s'est-il passé exactement ?

— On a d'abord trouvé trois balles de 9 mm parabellum dans un homme mouillé dans un trafic de drogue, sans que l'on sache à ce moment-là de quel type d'arme elles avaient été tirées. La victime avait un casier long comme le bras. Et hier, beaucoup plus surprenant, on découvre l'arme, qui a servi à tuer d'une balle supplémentaire un médecin pédiatre de la région et c'est à ce moment-là que nous apprenons qu'elle provient du lot volé à Bordeaux, mais on comprend de moins en moins du coup…

— Blanchiment de capitaux peut-être ?

— Non, on ne pense pas. On attend les résultats de la financière pour voir si des fonds occultes apparaissent, mais ça semble peu probable, surtout s'il y a éventuellement une histoire de fonds. On ne pige pas le lien entre les deux meurtres…

— Le lien ? C'est toujours le même, dans toutes les affaires du monde, le fric ! Si on pouvait remonter toutes les affaires de fric, ça allégerait le marché et ça nous simplifierait le boulot !

— Sûrement. On garde le contact, on va creuser…

— Oui, et nous aussi.

Phil et François en discutèrent après avoir raccroché. Ils avaient bien quelques intuitions mais rien de concret.

Le patron appela François un peu plus tard, ils venaient de recevoir les éléments financiers de l'Eurl YDR, « Ys Dépannage et Remorquage », de Serge Le Pénity.

— Ceux du centre hospitalier de Vannes aussi ?

— Non, pas encore, trop tôt !

— Des renseignements sur les téléphones et sur l'ordinateur du médecin ?

— Pas plus.

Les documents en mains, Phil et François commencèrent à les examiner, notamment les comptes bancaires. À première vue, les écritures semblaient correspondre aux activités de l'entreprise et les comptes personnels ne présentaient pas d'anomalie particulière…

— Je ne m'attendais pas à un miracle de ce côté, se contenta de dire François.

Phil ne répondit rien… visiblement préoccupé, il cherchait obstinément une faille.

— Tu vois quelque chose ? lui demanda François.

— Je cherche des virements précis et ponctuels… car la fille nous a bien dit que son père lui donnait de l'argent tous les mois et lui avait payé sa voiture, son permis, etc.

— C'est ce que j'ai noté également.

— Mais alors où sont ces sommes ?

— Ouais, tu as raison, je n'ai rien remarqué non plus…

Ils fouillèrent les comptes bancaires une nouvelle fois, sans plus de résultats. Il était onze heures, ils pouvaient peut-être la joindre au travail sans trop la déranger, juste avant le service.

— J'aurais voulu que vous m'apportiez une information sur un détail.

— Oui, si vous voulez… Papa m'a dit qu'il vous a rencontrés et vous a dit toute la vérité, je suis soulagée, si vous saviez !

— Oui, je comprends, mais ne vous inquiétez pas, nous connaissons la réalité de la situation, il n'y aura donc de conséquences pour personne.

— Ouf, merci !

— Je vous disais donc qu'il nous fallait une petite précision pour clarifier votre dossier et le classer. Votre maman ne pouvait pas vous aider, c'est ce que vous nous avez dit, en raison de son faible revenu et c'est votre papa qui vous donnait chaque mois ce dont vous aviez besoin. De quelle manière procédait-il ?

— Toujours en liquide, papa me donnait une enveloppe et j'en disposais à ma guise, en général cinq cents euros mensuels depuis deux ans.

— C'est un bon papa, il est généreux avec vous !

— Oui, c'est vrai.

François perçut un sourire de fierté chez son interlocutrice.

— Très bien, je note. Et pour le permis, la voiture et l'assurance de celle-ci ?

— Il m'a aussi donné l'argent en liquide et c'est moi qui le versais… Pour que tout soit à mon nom m'avait-il dit…

— Bien sûr, c'est normal…

François s'efforçait de la mettre en confiance afin qu'elle ne se méfie pas.

— Décomposons les sommes, voulez-vous…

— Je vous disais donc qu'il me donnait cinq cents euros chaque mois parfois un peu plus et, pour le reste, disons en gros, mille euros pour le permis, quatre mille pour la voiture et cinq ou six cents euros pour l'assurance… oui, attendez… je réfléchis… Un peu plus même, car je crois qu'en tout, cela devait faire six mille euros. Il n'y a pas de problème pour ça ? Rassurez-moi !

— Non… pas du tout ! Nous devons simplement établir la réalité de la situation par un procès-verbal que nous allons rédiger pour pouvoir boucler votre dossier justement.

— Ah bon !

François la conforta complètement avant de raccrocher, inutile d'éveiller les soupçons du père. Mais ces détails qui auraient pu passer inaperçus, s'il n'y avait pas eu de fêlure dans le système, venaient subitement de prendre une tout autre importance.

Les deux OPJ réalisèrent qu'il y avait sans doute anguille sous roche ; le mécano avait peut-être raison… Se passait-il des choses pas très légales ? Qu'une entreprise puisse retirer quelques centaines d'euros, par-ci par-là, pourquoi pas ? Mais des milliers et à flot continu, cela devenait une anomalie flagrante. Car cela finissait par représenter vingt-quatre mois à cinq cents euros, six mille pour la voiture, le permis et l'assurance et quelques extras de temps en temps, soit près de vingt mille euros !

Phil appela l'agence bancaire qui tenait ses comptes. Serge Le Pénity était considéré comme un chef d'entreprise très sérieux qui gérait bien ses affaires, jamais de situation irrégulière, des activités saines et rentables qui se lisaient au travers des bilans…

— Que des clients comme ça et tout irait pour le mieux dans le meilleur des mondes ! rajouta le directeur d'agence.

— En effet. Savez-vous si, comme dans certaines professions, il existe des marges de possibilité de chiffres d'affaires occultes ?

— Non. Car pour l'essentiel, les règlements se font soit par virements effectués directement par les compagnies d'assurances ou d'assistance, soit par chèque parfois lorsqu'un particulier ne peut faire jouer son assistance, mais ceci reste très marginal. Y a-t-il un problème avec ce client ? J'ai en effet vu passer votre réquisition pour ses comptes.

— Non, pas du tout, nous sommes dans le cas d'un litige avec son épouse… se contenta de lui répondre Phil pour le mettre sur une fausse piste. Vous la connaissiez ?

— Sans plus. Nous ne la comptons plus dans notre clientèle. Je ne peux rien vous dire sur celle-ci depuis qu'ils sont séparés.

— Mais avant ?

— Je n'étais pas encore en poste ici et le collègue que j'ai remplacé est parti à la retraite.

Il ne faisait aucun doute que cet homme s'était taillé une image d'homme sérieux, sain, travailleur… Mais l'était-il réellement ? Phil en doutait sérieusement, quant à François, il n'y croyait pas trop non plus… Y avait-il une faille et où se trouvait-elle ?

Ils décidèrent de lui rendre visite en début d'après-midi.

X

Mardi 15 septembre. Après-midi.

Ils rangeaient leurs affaires après le déjeuner et s'apprêtaient à se rendre à Douarnenez lorsque madame Le Vincin demanda à parler à François.

— J'ai recherché dans les papiers de mon mari à la maison et j'ai retrouvé dans son portefeuille un document qui prouve qu'il a fait venir quelqu'un pour sa voiture…

— Comment ça ?

— Je pense qu'il a dû rencontrer un problème technique, peut-être simplement un voyant qui s'est allumé et comme mon mari n'y connaît rien, il a dû aussitôt appeler un dépanneur ; j'ai la facture sous les yeux, il s'agit de YDR à Douarnenez, c'est, semble-t-il, une société de remorquage et de dépannage. Cela n'a certainement rien à voir avec ce qui s'est passé, mais je vous appelle car c'est sans doute la dernière personne à l'avoir vu… vivant. C'était bien avant qu'il me téléphone le soir, mais il ne m'en a pas parlé, ce qui veut dire que cela ne devait plus guère le tracasser. Il a payé l'entreprise par chèque car je vois qu'il l'a noté sur le talon.

— Très bien, merci Madame, nous allons nous rendre de ce pas chez ce dépanneur et vous tenons informée. Avez-vous remarqué autre chose ?

— Non. Avant de partir, j'ai fait le tour de la maison, mais je n'ai rien vu de particulier, tout semblait à sa place. Puis, je suis rentrée à Vannes. Vous savez, c'est très dur et je n'arrête pas de me poser des milliers de questions. C'est simplement tout à l'heure en fouillant dans son portefeuille que j'ai trouvé cette facture. Apparemment, il n'y manquerait rien non plus, ni carte bancaire, ni papiers, ni chèque dans le chéquier…

— Disposez-vous d'un système d'alarme voire de vidéo dans votre résidence ?

— Non, rien de tout ça…

Phil sourit quand François raccrocha.

— Comble de bonheur, dit-il, voilà qu'en plus de la question sur l'argent liquide, nous disposons d'une autre bonne raison pour nous rendre chez Serge Le Pénity, sans même attirer l'attention ! Depuis ce matin, j'ai plutôt l'impression qu'il ne sera pas nécessaire de savoir parler espagnol pour tout comprendre !

Le temps d'en informer le patron au passage et ils filèrent en direction de Douarnenez. Plus détendus, mais le cerveau en ébullition, ils discutèrent le long du trajet, convaincus que cette visite leur apporterait des billes et très certainement de bonnes surprises.

Pour faire diversion et s'intéresser à autre chose, Phil demanda à François :

— Alors les skippers, ils ont bien avancé dans leurs derniers préparatifs et sont tous prêts pour le départ de la Mini-Transat ?

— Il semblerait.

— Et après, cela va aller assez vite pour parcourir la première étape ?

— Hey… Nous ne sommes pas sur une route avec des Formules 1, donne-leur le temps d'arriver ! On les attendra pour le samedi suivant le départ à Lanzarote, ce qui n'est déjà pas mal… Si tout va bien ! Je te rappelle qu'ils naviguent sur des bateaux de six mètres cinquante.

Dans la zone, devant le local portant une grande enseigne *YDR*, ils remarquèrent un imposant camion de remorquage et le portail grand ouvert sur le hangar.

En se rendant de leur voiture au bureau, ils passèrent devant l'entrée du garage où se trouvaient deux fourgons aux couleurs de l'entreprise pour le dépannage rapide et quelques véhicules très accidentés à l'intérieur. À l'accueil, Serge Le Pénity était au téléphone. Celui-ci écourta sa communication téléphonique en les voyant.

Cordial et souriant, il se leva pour les accueillir :

— Vous avez du nouveau pour Karine ?

— Nous avons des informations qui vont totalement dans votre sens, à vous et à votre fille. Cette dernière était très contrariée par cette histoire d'ailleurs. Nous sommes là pour une tout autre affaire.

— Ah ? Dites-moi ?

— Peut-être avez-vous appris par la presse ce matin le meurtre commis à l'encontre du docteur Le Vincin, dans sa résidence secondaire de Kerlaz ?

— Oui, je viens de le lire effectivement dans le quotidien, désignant le journal plié sur le coin de son bureau.

— Il s'avère qu'une facture à votre en-tête datant de samedi nous amène à penser que vous pourriez être le dernier à l'avoir vu vivant, aussi nous souhaitions vous rencontrer à ce sujet.

— Ce n'est pas moi, c'est Ghislain… Ghislain Conleau, mon salarié, qui effectuait la permanence samedi. Je n'étais pas sur Douarnenez.

Il toisa l'OPJ d'un regard intransigeant et reprit avec la froideur d'un serpent :

— Mais attendez, je vais vous répondre précisément, j'ai son carnet de factures…

Il fouilla dans les affaires du bureau voisin et revint avec des documents.

— C'est bien ça, Ghislain s'est rendu samedi, à dix-sept heures, chez Monsieur Le Vincin Jérôme, Hent Coat Pin à Kerlaz, sur un appel téléphonique de sa part, à seize heures trente, vous voyez, tout est noté. Ce Monsieur a appelé parce que deux voyants se sont allumés sur son tableau de bord lorsqu'il arrivait chez lui, lui indiquant d'immobiliser son véhicule et d'appeler le dépannage. Toutes les voitures haut de gamme sont tellement chargées en informatique désormais… Nous sommes dotés de véhicules, genre fourgon, équipés avec tous les moyens nécessaires, ordinateurs de bord et valise technique, pour examiner n'importe quelle voiture, aussi sophistiquée soit-elle. Je peux lire sur sa fiche qu'il n'y avait rien de grave et qu'il a pu intervenir. Il y avait entre autres, je vois, son FAP[16] qui était

16. *Filtre à particules.*

trop faible. Ce dernier n'était pas saturé, il a simplement rajouté du liquide. Ce client nous a payés par chèque ; son chèque doit d'ailleurs encore être là car je ne les remettrai à la banque qu'en fin de semaine, vous voulez le voir ?

— Le chèque, non, mais votre salarié, oui !

— Il n'est pas là… Il ne sera présent que demain matin. Il devait ramener une voiture accidentée, c'est exceptionnellement un trajet longue distance avec l'autre camion de remorquage, il va sans doute rentrer tard et, du coup, se rendra chez lui directement, c'est pour cette raison que je vous dis que je ne le reverrai que demain matin. Je lui dis d'aller à votre bureau à Quimper si vous voulez le voir ?

— Si c'est possible, pourquoi pas, ce serait plus simple pour nous.

— C'est d'accord, je le libère en conséquence dès son arrivée. Il commence à neuf heures le mercredi, disons qu'il sera chez vous vers dix heures au plus tard, le temps de faire un petit point avec lui et d'enregistrer les documents de son activité, ça vous va ?

— Ce sera très bien.

— Regardez, fit-il en présentant le carnet de factures. Après notre dépannage, nous notons toujours un renseignement sur le double, dans le bas de la facture. C'est pour nous, afin de nous souvenir. Et là, il a marqué, client très satisfait, RAS. En cas de litige par la suite, il est important de savoir ce qui s'est passé ou s'il subsiste un souci ou un doute quelconque en partant de chez le client… Je vous fais une photocopie si vous voulez ?

— Oui, s'il vous plaît. C'est parfait. Nous pensons que votre salarié est la dernière personne à l'avoir vu vivant, c'est tout, peut-être ne nous apprendra-t-il rien d'ailleurs !

— Je l'ignore.

Serge Le Pénity se montrait très détendu et surtout très à l'aise en présence des deux OPJ, nullement impressionné par quoi que ce soit. Phil et François ramassaient leurs affaires lorsque François lui demanda :

— Ah, au sujet de votre fille, Karine…

— Oui, qu'est-ce qu'il y a ?

Sa question fut instantanée.

— Juste pour arrêter les derniers détails de son dossier avant de le classer… Elle nous a signalé qu'elle recevait régulièrement de votre part des sommes en liquide pour assurer son quotidien, est-ce exact ?

— Tout à fait ! Vous savez que j'ai hérité de mes parents, je vous l'ai dit, pour constituer mon Eurl, et il s'avère qu'ils disposaient aussi d'un matelas de billets que nous avons découvert en déménageant la maison, il y en avait pour plus de vingt mille euros ! Vous savez, les vieux… Et une vie d'économie durement épargnée… Fils unique, je les ai conservés avec moi sans jamais les mettre sur mon compte car sinon le fisc n'aurait certainement pas manqué de me poser des questions par rapport à mon activité professionnelle. Alors j'ai donné régulièrement à Karine cinq cents euros par mois et parfois mille, lors de son anniversaire ou des fêtes de fin d'année, ou encore lorsqu'elle a acheté sa voiture et ce qui va avec, afin qu'elle ne manque jamais de rien. Mais la source est en train de se tarir ! Et maintenant qu'elle travaille, elle va pouvoir subvenir elle-même à ses besoins et je comptais l'en informer très prochainement ; d'ailleurs, je ne dispose plus que de quelques milliers d'euros, deux ou trois... Il regardait les deux OPJ en souriant. Je sais que, vis-à-vis des droits de successions, j'aurais dû les déclarer... Mais qui le fait lorsqu'il s'agit d'espèces ?

— Ceci n'est pas notre domaine d'activité, nous ne représentons pas le fisc et vous remercions de ces précisions. Merci aussi pour votre collègue, demain matin.

Décontenancés, Phil et François quittèrent Serge Le Pénity. Il avait eu réponse à tout spontanément et avec une franchise qui semblait totalement empreinte de vérité. À aucun moment, il n'avait paru déstabilisé, ou ne serait-ce que gêné. Ils étaient venus confiants, persuadés de lever un lièvre ; ils repartaient bredouilles ! Cet entretien venait leur confirmer qu'ils faisaient de plus en plus fausse route avec ce dernier. Et à présent, ils considéraient que Serge Le Pénity était à rayer définitivement de leurs dossiers. Ils se dirent qu'ils attendraient cependant pour cela d'avoir rencontré son salarié, Ghislain Conleau.

— Alors, que fait-on, on se remet à l'espagnol, oui ou non ? demanda François à Phil sur le chemin du retour.

— Je crois bien. Nous revenons à la case départ.

Tous deux ne cessaient de découvrir des thèses qui s'opposaient et ne faisaient que s'annuler les unes les autres.

De retour au bureau, le commandant de la gendarmerie de Douarnenez appela François :

— L'enquête de voisinage dans le quartier du meurtre de Jérôme Le Vincin n'a rien donné, personne n'a vu, entendu, bref, remarqué quelque chose de particulier. Il faut dire que les voisins sont assez éloignés de leur résidence, qui de plus ne se situe pas au bord de la route de la côte où il aurait pu y avoir du passage, si bien que cela n'a rien d'étonnant. Quant à nos activités sur la ville, nous avons assez d'occupations avec la Mini-Transat car malheureusement, il y a toujours quelques petits débordements qui nous occupent plus que d'habitude, mais rien de grave pour l'instant. Nous avons effectué un peu plus de contrôles tant du côté de Douarnenez que du port de Tréboul, mais nous n'avons rien détecté qui puisse vous servir.

Les résultats des analyses du téléphone portable du docteur Le Vincin confirmèrent son appel à YDR remorquage et dépannage, à seize heures trente. Sa communication téléphonique n'avait pris que deux minutes quarante-cinq. On retrouvait aussi son appel le soir à son épouse, celui-ci avait duré onze minutes et vingt secondes. Rien d'autre. Sur son ordinateur, rien qui puisse donner matière à une quelconque piste.

Le rapport d'autopsie venait aussi d'arriver, lui non plus n'offrait pas d'indice permettant d'ouvrir le champ à de nouvelles investigations.

Qui donc avait eu intérêt à supprimer le docteur Le Vincin et pour quelle raison ?

Quant à l'arme, le pistolet SIG Pro 2022, la balistique venait d'adresser un rapide courriel avant de faire suivre le rapport complet par correspondance. Il confirmait que c'était bien cette même arme qui avait été utilisée pour commettre les deux meurtres. Mais le meurtrier était-il aussi le même ? Rien ne le prouvait.

Les balises installées sur les camions qui faisaient la navette Vigo-Douarnenez ne donnèrent rien de plus. Tout semblait conforme sur toute la ligne.

Les deux OPJ allaient de constats négatifs en réponses inintéressantes et ne voyaient pas comment faire évoluer leur enquête.

Ils reprirent les dossiers en cours pour tenter d'y déceler un élément ou un détail qui leur aurait échappé, mais rien ne leur sauta aux yeux.

Demain serait un autre jour…

XI

Mercredi 16 septembre.

Lors de la réunion, le patron leur remit toutes les informations sur la situation du docteur Le Vincin, ainsi que ses participations dans le centre hospitalier privé de Vannes, les rapports d'assemblée générale, les bilans et les comptes bancaires de ces deux dernières années. Le dossier était épais… de quoi y passer des heures. Le double était parti à la brigade financière de Rennes pour étude également. Ils confronteraient ensuite leur point de vue.

Ghislain Conleau se présenta un peu après dix heures.

La quarantaine. Grand, blond, athlétique, tout en muscles, tenue de sport avec sweat coloré, baskets neuves dernier cri aux pieds, il respirait la santé et il ne fallait sans doute pas lui chercher la bagarre. Il tenait un étui en cuir à la main, sans doute devait-il contenir ses papiers. Il salua d'une main ferme les deux OPJ. François lui désigna l'un des deux fauteuils en face de lui où il prit place d'une façon décontractée. Pas la moindre esquisse de sourire sur son visage très légèrement hâlé. Il portait une inévitable boucle d'oreille et un tatouage discret sur le cou. Il ne posa aucune question, se contentant d'attendre que François lui parle. Il était calme, semblant animé d'une volonté de contrôle sur les événements et sur lui-même.

Le bureau baigna quelques instants dans le silence…

François demanda à Conleau son identité. Phil l'enregistra, lorsque ce dernier lui glissa la carte qu'il venait de sortir de son étui en cuir.

— Monsieur Conleau, votre patron a dû vous informer de nos intentions. Vous êtes intervenu pour la voiture du docteur Le Vincin… Pouvez-vous nous parler de celui-ci ?

— Il n'y a rien de particulier à dire. Il s'est montré courtois. Deux voyants s'allumaient sur son tableau de bord. C'était quelque chose d'assez banal en réalité. Mon fourgon de dépannage est doté des ordinateurs et de la valise technique nécessaires et j'avais ce qu'il fallait en produits. Ce ne fut pas très long, toute ma concentration allait vers le véhicule et je n'ai pas grand-chose à vous dire sur cet homme, comme sur la plupart des clients que je rencontre pour la première fois et pour quelques minutes…

Son regard se fit soudain plus acéré à l'évocation du docteur.

— Bien entendu, nous comprenons, mais vous êtes sans doute le dernier à l'avoir vu vivant ! Vous a-t-il semblé nerveux, tendu, inquiet ?

— Je dirais, légèrement inquiet en arrivant, mais une inquiétude toute relative car passagère puis détendu par la suite dès que je l'ai rassuré sur le fait que j'allais immédiatement intervenir. Une fois mon travail terminé, j'ai rédigé ma facture et il m'a même proposé un café, mais j'ai décliné l'offre, on venait de m'appeler sur mon portable pour une autre intervention et je ne pouvais guère m'attarder. Nous avons échangé quelques mots et je suis parti après lui avoir remis ma facture et avoir pris son chèque…

— Était-il seul, a-t-il reçu un appel téléphonique ou une visite pendant que vous étiez-là ?

— Il semblait être seul. En tous les cas, je n'ai vu personne d'autre, je ne l'ai pas non plus entendu parler au téléphone avec qui que ce soit. Je n'ai vu que son propre véhicule…

Il se contrôlait d'une façon particulière et s'efforçait de répondre au strict minimum demandé… Quelque chose dans son attitude gênait les deux OPJ. Cette fois, ce fut Phil qui intervint car il s'apercevait que François ne le questionnait pas sur l'adresse de son domicile :

— J'ai relevé sur votre carte d'identité votre adresse de Vannes, vous y habitez toujours ?

— Oui, mais je reste dormir chez mon patron une bonne partie de la semaine. On s'entend très bien, il ne me fait rien payer d'ailleurs ; par contre, en contrepartie, je réponds présent le plus souvent possible lors des astreintes. J'occupe le petit logement laissé vacant par sa fille.

— Habitant Vannes, du côté de Saint-Avé, a priori, vous devez donc connaître le docteur Le Vincin.

Il se referma encore un peu plus avant de répondre :

— Non, jamais entendu parler jusque-là. Des médecins à Vannes, il y en a beaucoup et dans toutes les spécialités. Ce n'est pas un désert médical !

La réponse semblait sonner faux. François se tourna vers Phil, il venait de comprendre.

— Pourquoi continuer à habiter à Vannes tout en travaillant à Douarnenez ? Ce n'est pas un peu compliqué pour votre famille ? Vous êtes marié ?

— Non, mais nous sommes pacsés, c'est pareil. Elle travaille près de la maison et ses parents peuvent garder les petits…

— Vous avez donc des enfants ?

— Oui, deux garçons, six ans pour l'un et deux ans pour l'autre… Mais qu'est-ce que cela vient faire là-dedans ?

Sa réaction était nerveuse et son regard se fit noir, presque menaçant. Phil n'insista pas. Mais cela faisait beaucoup de coïncidences pour ne pas s'intéresser plus précisément à cet individu.

— Monsieur Le Pénity nous a dit que vous étiez sur un transport remorquage de longue distance, où vous êtes-vous rendu déjà ?

Phil fit semblant de rechercher l'information dans ses papiers. Conleau ne pouvait se douter qu'en réalité ils ne la possédaient pas. Se sentant obligé de répondre, il se crispa. Les questions semblaient maintenant l'embarrasser. Après une légère hésitation, il s'engagea :

— À… Bordeaux… un véhicule écrasé qu'il a fallu conduire là-bas ! souhaita-t-il préciser.

— Ah oui, c'est ça ! confirma Phil qui, bien sûr, l'ignorait. Cela vous arrive souvent de devoir vous rendre aussi loin ?

— Non, très rarement.

— Et à Bordeaux en particulier ?

— Oui euh non… C'est la première fois…

La réponse devenait incertaine et Ghislain voulut apporter une autre précision pour pouvoir s'écarter de ce sujet qui l'indisposait vraiment…

— Je peux même vous dire que je me suis également rendu en Angleterre une fois, pour ramener la Jaguar haut de gamme accidentée d'un Anglais, mais je vous le répète, ceci est vraiment très exceptionnel. Habituellement, je me déplace surtout dans la région de Douarnenez.

— Nous allons enregistrer vos numéros de téléphone et classer le dossier car vous n'avez pas de rapport réel avec cette affaire, n'est-ce pas ?

Cette fois Ghislain Conleau n'appréciait plus du tout cet interrogatoire…

— Mais qu'est-ce que ça veut dire ?

Une plus grande méfiance venait de s'installer sur son visage trahissant une peur soudaine et une incompréhension, et les deux OPJ sentaient bien qu'il voulait les éviter avec l'habileté d'un footballeur professionnel en plein dribble ! François prit le relais pour essayer de calmer le jeu.

— Ce n'est rien, juste la procédure administrative lorsqu'il y a mort d'homme, ne vous inquiétez pas, le rassura François, conciliant.

Conleau le fixa. Puis consentit à donner son numéro professionnel et, après insistance de Phil, le personnel. François poursuivit :

— Nous n'aurons sans doute pas à reprendre contact avec vous, puisque tout vous a semblé normal. Si toutefois quelque chose, même anodin, vous revenait, n'hésitez pas à nous appeler, ce sont parfois des détails qui, a priori sans importance, nous font avancer ! En tous les cas, merci beaucoup d'avoir fait le déplacement pour venir nous rencontrer. Voulez-vous un café ou autre chose avant de quitter le commissariat ?

— Non, merci… Le travail m'attend.

Il était visiblement pressé de partir.

François le raccompagna jusqu'à l'escalier au bout du couloir. Mais il était évident que Ghislain avait l'esprit ailleurs. Il ne salua pas Phil en sortant, pas plus que François…

Revenu au bureau, Phil se manifesta le premier :

— Tu veux que je te dise, François ? Ce type-là, je ne le sens pas et j'ai comme l'impression qu'il nous cache quelque chose… Mais quoi ?

— Oui, tu m'as surpris, car personnellement, je ne pensais pas lui rentrer dedans et là, j'ai bien senti que tu avais une idée en tête car tu l'as complètement déstabilisé ! Ce qui veut dire qu'il faut tout savoir sur ce type et surtout demander le relevé de ses deux téléphones, appels entrants, sortants, SMS, etc. Il peut aussi, tout simplement, n'être qu'un indic pour d'autres personnes !

— Je ne vois pas très bien pourquoi ni comment, mais il faut se renseigner, répondit Phil. Je vais aussi solliciter un état de la situation bancaire et patrimoniale des parents de Serge Le Pénity, pour ensuite prendre contact avec le notaire qui s'est occupé de la dévolution successorale, on ne sait jamais…

— Là, ce n'est pas aussi évident, lui me paraît *clean*.

— Oui, mais il existe peut-être une complicité entre ces deux types qui travaillent, tout de même, de façon étroite, vivent bien souvent sous le même toit et qui, finalement, ont l'un comme l'autre des liens avec Vannes et Bordeaux… Je trouve que cela fait beaucoup, pas toi ?

— Oui, c'est vrai que Le Pénity travaillait déjà comme salarié avec Conleau dans cette même branche d'activité sur Vannes avant de venir à Douarnenez…

Ils s'attaquèrent immédiatement aux demandes de réquisitions et plongèrent dans le ténébreux dossier financier en relation avec le docteur Le Vincin.

Bien que ne connaissant pas très bien le domaine en question, ils ne remarquèrent rien de délictueux.

— Je suis surpris par le chiffre d'affaires réalisé par la pharmacie dans ce type d'établissement et aussi par les rétrocessions des laboratoires, mais je ne détecte rien d'anormal et toi ? demanda-t-il à François.

— Je suis sur les comptes du docteur, rien non plus… Par contre, je constate de nombreux règlements par cartes bancaires à l'étranger, mais je ne retrouve pas les frais inhérents aux voyages en question, je vais devoir appeler son épouse, mais il faut que je prépare mes questions pour ne pas lui donner l'impression de fouiller dans ses affaires…

François et Phil convinrent que la visite de Ghislain Conleau pouvait être l'occasion de l'approcher.

— Nous nous étions engagés à vous tenir informée, donc nous vous signalons avoir rencontré Ghislain Conleau qui, d'ailleurs, est de Vannes, c'est le dépanneur qui est venu réparer le véhicule de votre époux, à Kerlaz, peut-être le connaissez-vous ?

— Comment s'appelle-t-il, dites-vous ?

— Ghislain Conleau.

Un silence de plusieurs secondes s'installa avant qu'elle ne réponde, sans doute voulait-elle faire appel à sa mémoire :

— Non, cela ne me dit rien… Avez-vous appris quelque chose ?

— Rien d'important. Nous avons bien retrouvé l'appel de votre époux sur le téléphone à l'entreprise puis consulté le double de la facture. Ghislain Conleau nous a confié que votre époux était très content de ses services, rassuré, et qu'il lui avait proposé une consommation…

— Je ne suis pas surprise.

— Ils sont restés parler de choses et d'autres et il lui aurait confié qu'il avait l'occasion de voyager assez souvent à l'étranger, c'est bien ça ?

— Oui, c'est exact, nous partons souvent… Vous savez, ce sont les laboratoires qui nous invitent. Il est possible de se rendre dans le monde entier avec eux sous prétexte de colloques, de congrès et autres occasions…

— Et tous les frais sont payés ?

— Oui, toujours, ils prennent en charge le transport, l'hôtel, la restauration… Évidemment, pas les dépenses personnelles de convenance en souvenirs et autres futilités…

— Bien entendu. Pour en revenir au dépanneur, il n'a rien remarqué d'anormal, ni croisé qui que ce soit à proximité, je tenais à vous dire que nous avions exploité votre information…

— Avez-vous avancé sur l'enquête par ailleurs ?

— Oui, nous travaillons en ce moment même sur plusieurs pistes et nous tentons de dénouer les fils et surtout attendons des résultats d'analyses.

— Avez-vous une piste en particulier ?

— Oui et, à ce titre, connaissez-vous Jean-Pierre Kermerrien ?

— Non, ce nom m'est inconnu.

— Et Marc Kérivel ou encore Florian Le Drevers ?

— Non, désolée, pas plus, pourquoi ?

Ses réponses étaient spontanées et naturelles.

— Jean-Pierre Kermerrien a été assassiné quelques jours avant, à Douarnenez, avec la même arme que celle qui a été découverte dans votre résidence secondaire…

— Comment cela se fait-il ? Je ne comprends pas…

— C'est ce que nous recherchons, Madame. Nous vous aviserons si nous apprenons quelque chose.

Après avoir raccroché, Phil et François restèrent dubitatifs. Quel rapport en effet entre ces deux meurtres ? Puis ils revinrent à l'analyse des documents et Phil ne put s'empêcher de faire un commentaire sur le fait que les laboratoires se montraient bien généreux envers les centres hospitaliers et les médecins !

— Eh oui, cela rejoint l'émission d'Élise Lucet… Rien que pour assurer la commercialisation des statines, un laboratoire a donné plus d'un milliard d'euros pour une étude bidon à une équipe dont neuf membres sur onze étaient payés par ledit laboratoire chargé de ce travail… Et après, pour être certain qu'elles puissent être prescrites, plus de sept millions d'euros ont été alloués aux médecins sous différentes formes : colloques, congrès, etc. Ça en fait des voyages pris en charge totalement ! rajouta François.

— C'est écœurant ! Quelle tromperie pour chacun d'entre nous ! Aux États-Unis, une *class action* est engagée contre la fameuse statine par des milliers de personnes concernées par ses conséquences négatives, mais là-bas il est possible d'attaquer en justice.

— Oui, j'ai vu ça…

— Dans l'émission, ils interrogeaient un sportif de haut niveau, un Américain, qui avait pourtant une bonne hygiène de vie, mais qui avait été complètement anéanti par cette statine… Il est devenu invalide et fait aussi partie des personnes qui portent plainte dans le cadre de la *class action*…

— Mais je croyais que c'était aussi possible en France ! s'exclama François.

— En fait, si j'ai bien suivi, au moment où la loi est passée le 1er octobre de l'an dernier, la *class action* ou action groupée est passée en France mais avec un effet terriblement réducteur, car ce dispositif se heurte d'abord au lobby des avocats qui voient leur rôle diminué, et pas qu'à eux…

— Toujours une question de fric ! râla François.

— Ce qui a été voté est très incomplet, seules les associations de consommateurs semblent en retirer des avantages et la réparation est donc limitée en termes d'intérêt. On attend le plus important… Que le dispositif passe dans le domaine de la santé. Là, peut-être, pourra-t-on faire bouger les choses… Mais la puissance de l'argent des laboratoires et de tous les médecins qui passent à la caisse risque de retarder encore longtemps ce qui serait si utile au plus grand nombre de patients ! Il y a tellement de choses à dire et à faire !

— Nous ne sommes pas rendus, donc !

— C'est le moins qu'on puisse dire !

Ils passèrent le reste de leur journée à traiter divers dossiers et documents administratifs.

XII

Jeudi 17 septembre.

Le patron avait le sourire en accueillant tous les OPJ à sa réunion matinale.

— J'ai reçu pas mal d'infos pour tout le monde dont un bon lot pour Phil et François, dit-il en répartissant les documents.

La distribution terminée, chacun fit le point sur son affaire respective. Tous étaient impatients d'examiner les nouveaux éléments puis de se replonger dans leurs propres enquêtes.

En sortant du bureau, il héla Phil et François :

— Quand vous en aurez pris connaissance, vous m'en reparlerez ? Si toutefois il fallait aviser le procureur…

Les premiers renseignements portaient sur le casier judiciaire de Ghislain Conleau ainsi que sur les relevés téléphoniques effectués à partir de ses deux portables.

Ghislain Conleau avait été plusieurs fois condamné sur une période de cinq ans, pour vols de voitures, malversations diverses, et impliqué dans une affaire de stupéfiants dans la région parisienne. Les faits dataient, mais comme il y avait eu récidive, ceux-ci restaient encore inscrits et ne bénéficieraient pas de l'effacement de son casier dans l'immédiat… « Une chance pour nous ! » se dirent les deux OPJ. Par contre, depuis dix ans, plus rien. Sans doute cela correspondait-il à la période à laquelle il était venu vivre à Vannes. Ces antécédents peu glorieux ne firent que raviver l'intérêt des deux OPJ.

Les relevés téléphoniques s'avérèrent particulièrement intéressants… Ghislain Conleau appelait très régulièrement à Bordeaux. Coïncidence troublante… Cette fois, l'excitation était montée d'un cran. Ils devaient établir un tableau qui permettrait de faire ressortir les appels répétés et les destinations.

Pour cela, ils demandèrent un peu d'aide au patron. Joël Le Traon, comme bien souvent, fut tout désigné car il excellait dans ce travail.

François en profita pour demander au commissaire des autorisations de réquisitions diverses à obtenir auprès du procureur afin d'engager quelques procédures de surveillance. Puis à son retour, dès le feu vert obtenu, du moins verbalement déjà, Phil appela le service spécialisé pour qu'une balise soit installée sur chaque véhicule de YDR, tandis qu'un autre mettrait sur écoute les téléphones de Serge Le Pénity et de Ghislain Conleau.

Il pensa à Nathalie et décida de l'appeler, histoire de lui rendre compte de l'évolution et de lui demander de quel ordre étaient ses préoccupations personnelles, si toutefois elle consentait bien à en parler.

— Alors Nathalie, comment ça va, je veux dire à titre privé ? Nous avons tous ici regardé l'émission *Cash Investigation*, mais je ne vois pas le rapport avec tes soucis.

— Hélas si, on est en plein dedans. Mon petit Nino, que tu as vu avec moi lorsque nous nous sommes croisés dernièrement à Auray, a aujourd'hui vingt mois... En quelques heures, j'ai cru devenir folle !

— Comment ça ?

— Nino a commencé à avoir des difficultés à respirer pendant la nuit et nous sommes partis aux urgences. Lorsque nous y sommes arrivés, il était tombé dans le coma ! Réanimation et tout le reste pour découvrir qu'il était diabétique de type I et donc insulinodépendant, alors qu'il n'y a aucun antécédent familial que ce soit d'un côté ou de l'autre !

— Comment ça se fait alors ?

— Je me suis toujours opposée à certains vaccins mais le pédiatre est passé outre à mon insu. Il lui a tout de même injecté l'*Infanrix Hexa* qui contient aussi l'hépatite B mais dont le nom figure en latin sur le carnet de santé[17]... Je te montrerai exactement à l'occasion, c'est scandaleux et tout cela pour vendre des vaccins au maximum et obtenir des rétrocessions des laboratoires sous forme de voyages, congrès, colloques, enfin tout ce que tu veux, c'est une honte et Élise Lucet n'a montré qu'un tout petit bout de l'iceberg immergé, je ne te dis pas le reste !

*17. Le 19 mai 2015, une pétition a été lancée pour dénoncer la pénurie des vaccins DTP (Diphtérie, Tétanos, Polio) et l'administration aux nourrissons d'*Infanrix hexa*, un vaccin alternatif contre six maladies, dont l'hépatite B.*

— Mais c'est écœurant de faire un vaccin contre l'avis des parents !

— Oui, c'est pourtant ce qui se passe et tous les laboratoires, avec les milliards qu'ils distribuent, expliquent que rien n'a été prouvé contre ces vaccins. Mais dans mon cas, il y a deux choses. L'une est le non respect du refus des parents. L'autre est que ce vaccin est sans doute la cause de son diabète. Et maintenant, c'est à vie qu'il faudra le suivre et il devra se prendre en charge dès qu'il sera en âge de le faire…

— Je suis très choqué par tes révélations, car je pense à ma fille Clémence, bien évidemment… Que comptes-tu faire ?

— On s'organise progressivement, car le nombre de cas est en augmentation exponentielle et nous savons que ce sera difficile et long, mais j'ai le temps, toute ma vie ! Je ne lâcherai jamais ! Il faut déjà obtenir en France une loi de *class action* sur la santé. Tu n'imagines même pas les milliards qui rentrent dans les poches de ces personnes qui sont dans les lobbys, y compris de certains de nos politiques, pour empêcher cela… Il en faut une autre pour condamner les médecins qui effectuent des vaccins en dehors de ceux obligatoires comme le DTP pour la rentrée à l'école notamment, car ceux-ci ne sont pas en cause… Mais c'est tout le reste, tout ce que les laboratoires nous collent avec et nous imposent, qui ne va pas… C'est sans doute ce qui leur rapporte le plus, donc on ne se gêne pas pour le faire contre la volonté des parents ! J'espère qu'un jour on fera évoluer les lois pour que cette situation remonte jusqu'aux assises pour les récidivistes, ça les calmera et je suis sûre qu'il y aura automatiquement moins de congrès et de colloques bidon dans tous les coins idylliques de la planète ! Je suis remontée, tu ne peux pas savoir à quel point ! Mais attention, ceci ne concerne pas tous les médecins, loin de là, pas d'amalgame, ni la médecine en général, que les choses soient claires. Il faut voir tout ce que la médecine apporte pour le bien-être des individus…

— Oui, oui, bien sûr, je comprends…

— Il est vrai que si j'avais eu mon arme de service sur moi ce jour-là et si je m'étais rendue dans son bureau, je crois bien que je risquais de faire une énorme bêtise… J'aurais au moins voulu qu'il soit confronté à la même horreur que nous, en se faisant injecter un tel vaccin, lui ou ses jeunes enfants s'il en a, afin qu'il comprenne notre douleur… Mais je sais que ce ne sont que des vœux pieux et ça n'aurait rien arrangé de toute façon. Pour l'instant, les problèmes sont pour nous, et pour notre petit bonhomme. Tu imagines, il faut lui piquer le doigt plusieurs fois par jour, et même la nuit, pour vérifier son taux d'insuline ! Il doit porter une pompe en permanence… C'est une surveillance de chaque instant ! Et je peux t'assurer qu'il est très difficile de trouver une nounou car il faut qu'elle soit formée, et du même coup sa remplaçante aussi… Je n'ose pas penser à ce qui nous attend lorsqu'il ira à l'école, sans parler de la cantine ! Et notre petit cœur subit tout ça sans broncher, lui garde le sourire… Il fait preuve d'un tel courage ! souffla-t-elle au bord des larmes.

— C'est complètement fou ce que tu viens de me raconter et, venant de toi, je sais que c'est la triste réalité, je suis vraiment abasourdi et je comprends que cela doit être une inquiétude de tous les instants désormais… Et il existe beaucoup de cas comme Nino ?

— Tu vas sur Google, tu tapes « diabète de type I enfants insulinodépendants », et tu verras que leur nombre a été multiplié par cinq ces dernières années, la maladie se déclarant généralement après l'administration de ces satanés vaccins ! Et ils sont de plus en plus jeunes…

Ils restèrent à en discuter longuement encore, Phil avait mis le haut-parleur pour François depuis le départ et ils étaient tous les deux sous le choc de ces révélations. Nul doute qu'une telle pathologie bouleversait la vie familiale et la condamnait à vivre avec au quotidien.

Ils continuèrent à échanger après avoir raccroché, se rendirent sur le site de Google et découvrirent la triste et choquante situation dans sa réalité. Pour se faire de l'argent, on s'attaquait sans scrupule maintenant à des enfants sans défense… Où était l'éthique de certains médecins qui pratiquaient de la sorte ? Une pensée leur vint, selon un sketch qui avait amusé la population il y a quelques années et disait que tout cela se passait : « À l'insu du plein gré des parents ! »

Pensaient-ils aux enfants marqués à vie quand ils se doraient au soleil des Antilles lors d'un congrès ou d'un colloque, avec leur épouse et leurs enfants qu'ils n'avaient pas vaccinés, bien sûr ! Quelle horreur ! Il y avait encore beaucoup de chemin à parcourir. Heureusement, de plus en plus de médias jouaient la transparence dans des émissions comme

Cash Investigation ou *L'Œil du Vingt Heures*, et des journalistes sérieux faisaient encore leur boulot honnêtement. Mais ils devaient s'attaquer à des puissants. On pensait inévitablement au Médiator. Il fallait appeler à boycotter dans un premier temps, et dans un deuxième, à attaquer, d'autant qu'il ne s'agissait pas de micro scandales très localisés mais cela se situait bien à l'échelon national, voire mondial ! Au même titre que les statines, mais dans un autre domaine, on retrouvait le groupe allemand numéro un mondial de l'automobile... Malheureusement, ces affaires étaient souvent oubliées au fil du temps...

Marqués par ce choc qui frappait un petit garçon de deux ans, ils poursuivirent néanmoins leurs investigations et l'analyse de tous les dossiers en leur possession jusque tard le soir. Désormais, leur perception des documents financiers du médecin assassiné et du centre hospitalier dans lequel ce dernier possédait des parts serait bien différente...

*

Vendredi 18 septembre.

Joël Le Traon abattait un travail de titan, et avec dextérité, il arrivait à restituer l'échiquier des appels... Vers qui, pourquoi ? Puis, à en éliminer un certain nombre afin de ne faire ressortir que ceux qui offraient de l'intérêt pour le moment, ce qui n'était pas si simple. Il fallait commencer par ce qui semblait être une anomalie et garder le reste sous le coude. En début d'après-midi, il avait constitué un superbe tableau avec des numéros d'appels téléphoniques et des flèches dans tous les sens qu'il proposa à la perspicacité de Phil et de François. Il annonça la couleur :

— Il en ressort que votre gars, Ghislain Conleau, a régulièrement des communications téléphoniques avec un correspondant de Bordeaux qui fait aussi du dépannage remorquage, ainsi qu'avec des personnes sur la région parisienne, mais plus épisodiquement, dans « un endroit qui craint », dirais-je…

— Je sens que tu as déjà fait du bon boulot ! s'exclama François.

— Comme d'hab' ! lança Joël avec un clin d'œil. Côté Serge Le Pénity, pas de contact sur Paris, mais sur Bordeaux oui, le même que son salarié. Étonnant, non ? Il passe également beaucoup d'appels vers une société de location de bateaux, du côté de Tréboul. Il va falloir vérifier si YDR effectue également du transport spécifique de bateaux ; auquel cas, il n'y aurait rien d'anormal peut-être, mais à voir… J'attends les renseignements sur la géolocalisation des portables, cela devrait nous fournir d'autres informations, mais les échanges réguliers avec Bordeaux sont vraiment surprenants. Comment peuvent-ils les justifier ? Qu'il y en ait un de temps en temps, on peut le comprendre, mais aussi souvent, cela sème le doute !

— Je crois que tu as mille fois raison, Joël.

— Comme à chaque fois !

Ce dernier n'était pas peu fier de ses résultats qui offraient indéniablement matière à explorer.

Désormais, Serge Le Pénity et Ghislain Conleau allaient faire l'objet d'une surveillance rapprochée et permanente et, pour cela, les OPJ avaient besoin de l'aide de quelques gendarmes, mieux placés pour ce suivi sur Douarnenez et sa région. Le procureur géra cette action commune en bonne intelligence. Le départ de la course ne faisait que compliquer les choses pour la gendarmerie et ses effectifs ; aussi, deux binômes en civil devraient venir de Quimper pour assurer le renouvellement des équipes mobilisées.

Par contre, s'il s'avérait nécessaire de suivre de A à Z un transport jusqu'à Bordeaux. Phil et François devraient l'assurer eux-mêmes.

La semaine se termina sur cette préparation d'envergure.

Tout comme le week-end précédent, Phil et François n'étaient pas de service. Ce qui soulageait grandement François qui allait ainsi pouvoir assister au départ de la Mini-Transat à Douarnenez, d'autant que le temps s'annonçait encore estival… Il serait sur place, joignable à tout moment si besoin.

Phil devait se rendre le samedi matin chez le vendeur de la Golf cabriolet grise de février 1984, boîte automatique, qu'il avait repérée et qui l'intéressait grandement. Celle-là ne risquait pas d'être concernée par le scandale du moment chez Volkswagen. Il envisageait ensuite une sortie bien agréable en famille du côté de Douarnenez… Car, tout comme François, il informa qu'il ne serait pas loin s'il fallait intervenir…

XIII

Lundi 21 septembre.

Rien de particulier ne s'était passé durant le week-end. L'activité de YDR sembla normale et modérée. Les deux hommes étaient présents au siège de l'entreprise, sans doute pour faire face à une demande de dépannage et de remorquage plus importante du fait de la course qui avait attiré beaucoup de visiteurs.

Le samedi, le départ de la Mini-Transat s'était parfaitement déroulé et les premiers skippers pouvaient espérer arriver en une semaine aux Canaries, sous réserve de conditions atmosphériques favorables. Douarnenez avait ensuite laissé place aux festivités et une foule colorée s'était déversée sur tous les sites, du port du Rosmeur au port de plaisance de Tréboul.

Phil et François avaient reçu les éléments sur le dossier de succession des parents de Serge Le Pénity…

Ils ne furent pas déçus en appelant l'un la banque, l'autre le notaire. Les parents de Serge Le Pénity, malades et faibles, avaient sombré dans l'alcool et la maladie. Ils avaient d'ailleurs été mis en invalidité bien avant l'âge effectif de la retraite. Situation très précaire sauvée par le fils qui les avait aidés à survivre et à conserver leur maison d'habitation jusqu'à leur décès ! Compte tenu des crédits en cours, en surendettement, le fils unique avait tout payé et vendu, pour ne récupérer que quelques dizaines de milliers d'euros qu'il avait investis dans son Eurl pour reprendre l'entreprise qu'il exploitait actuellement et c'était bien tout… Quid du liquide censément découvert ? Avait-il vraiment existé ? Peu probable, affirmèrent les différents interlocuteurs au vu de la situation financière catastrophique des parents. Cette fois, le doute s'installait véritablement. D'où venait tout cet argent dont Serge Le Pénity disposait ?

Les résultats de la géolocalisation étaient arrivés ce matin. Après les avoir étudiés, Joël Le Traon y décela une anomalie qu'il s'empressa de rapporter à ses deux collègues.

À peine entré dans le bureau, il s'exclama :

— Lorsque Ghislain Conleau se rendait à Bordeaux, il n'allait pas du tout à l'adresse de son interlocuteur téléphonique qui faisait également du remorquage et du dépannage dans l'extrême sud de Bordeaux ; mais en bordure de la rive droite de la *Garonne*, à l'est, dans le quartier de La Bastide ! Phil, tu connais peut-être ?

— Oui, bien sûr, outre le fait d'y avoir effectué mon stage de début d'OPJ, j'ai souvent l'occasion d'y aller. La Bastide, c'est l'ancien quartier industriel qui a bénéficié d'une profonde réhabilitation et est aujourd'hui très recherché pour sa qualité de résidence, tout en étant à deux pas du centre-ville de Bordeaux. Le tram aidant, c'est très rapide. Il fait face à la place de la Bourse qui se situe, elle, sur la rive gauche. C'est d'ailleurs là qu'autrefois, les trains arrivaient à l'ancienne gare d'Orléans, avec sa tête en U, au milieu du XIXe siècle. Celle-ci, aujourd'hui, a été transformée en un multiplex de dix-sept salles de cinéma. L'église Sainte-Marie-de-La-Bastide date aussi de cette époque, il me semble. Des logements occupent les lieux ainsi que des bureaux comme ceux du célèbre quotidien régional *Sud-Ouest*, quai des Queyries. Les studios de *France Bleu Gironde* sont également installés pas très loin de là…

— Tu connais drôlement bien la ville ! se contenta d'approuver François pour participer aux échanges.

— Mais je ne comprends pas bien, car on compte surtout des appartements et des maisons… des échoppes comme ils les appellent là-bas, dans ce quartier plutôt résidentiel et très coté ! Où se retrouvaient-ils ? demanda Phil à Joël.

— J'ai zoomé sur les photos aériennes à partir de Google map, mais cela reste plutôt vague, ce serait un peu avant les logements si je comprends bien…

— Ah oui, je vois, juste après le tout nouveau pont Jacques Chaban-Delmas en venant de Lormont vers La Bastide. Très impressionnant d'ailleurs lorsqu'il se lève pour laisser passer les paquebots qui viennent déverser leurs croisiéristes sur le quai de la Douane, près de la place de la Bourse justement. Je sais qu'il doit encore rester une zone de friches industrielles, un peu après les installations des Grands Moulins de Paris notamment, c'est donc entre le quai Brazza et le quai des Queyries, à mon avis…

— Je ne connais pas Bordeaux, alors si tu veux bien on pourrait faire le point entre la photo aérienne et le plan.

Phil l'examina quelques secondes avec attention avant de déclarer :

— Oui, c'est précisément là, il reste encore quelques bâtiments vétustes qui vont être prochainement rasés. Mais c'est vrai que c'est une bonne planque pour venir faire son business. Il n'y a personne autour, la partie habitée est plus loin et les entreprises en activité sont essentiellement à proximité du fameux pont. Ce qui fait qu'il existe encore entre ces deux zones un parfait *no man's land* pour trafiquants !

Ils se rendirent tous les trois chez le patron pour définir la conduite à tenir.

Celui-ci contacta le procureur pour établir l'extension de territorialité qui allait rapidement devenir nécessaire pour Phil et François.

Avant qu'ils ne quittent le bureau du patron, l'un des deux binômes toujours en planque à Douarnenez pour remplacer les gendarmes appela :

— Ça bouge ici ! Ghislain Conleau vient de sortir le camion équipé d'une cabine agrandie qu'il utilise habituellement, avec sur son plateau un véhicule en grande partie écrasé et en triste état qui devait se trouver dans le local. Celui-ci porte une plaque d'immatriculation « 33 », lisible à l'arrière seulement car les trois quarts avant sont écrasés. Ce dernier vient de prendre la direction de Quimper.

La balise installée sur ce camion marche bien, vous pouvez effectuer le suivi GPS sans difficulté…

— D'accord, merci, vous restez à distance et, s'il dépasse Quimper pour se diriger vers la voie express, nous prenons la suite !

Phil et François savaient qu'ils n'avaient pas le temps matériel de passer à leur domicile mais juste celui de ranger leurs affaires, de prévenir leur famille et de rallier la voie express pour prendre le relais des collègues. Ils furent informés que le camion avait pris la direction de Nantes.

Une demi-heure plus tard, ils entraient à leur tour sur la voie express et roulaient dans la même direction. Pas question de se faire remarquer, la balise évitait un suivi à vue.

À Nantes, ils pouvaient distinguer le camion qui franchissait le pont de Cheviré avec son véhicule fracassé à l'arrière. À hauteur de Niort, le chauffeur, Ghislain Conleau fit une pause sur une aire de station-service et de repos. Les deux OPJ continuèrent puis s'arrêtèrent un peu plus loin dans une sortie de sécurité légèrement écartée de la route. Ils remarquèrent qu'ils faisaient ralentir certains automobilistes craignant une voiture avec radar embarqué ; puis ils virent passer le camion.

Ils reprirent la route à sa suite. À la bifurcation offrant les directions Angers et Bordeaux, le camion fila vers le sud. Ils informèrent le patron à Quimper qui, à son tour, appela le procureur ainsi que le commissariat de Mériadeck à Bordeaux… Car, quoi qu'il advienne, ils devaient obligatoirement faire appel à leurs collègues. Le patron du commissariat central attendait à présent de connaître la destination définitive du camion et envisageait déjà la mobilisation de ses équipes prêtes à intervenir. Le camion ne fit aucun nouvel arrêt jusqu'au péage, soit trois heures après Niort... Ils franchirent le grand pont de la *Dordogne*. Il sortit effectivement à Lormont et roula alors le long de la *Garonne* en direction de La Bastide. Le pont Jacques Chaban-Delmas était bien en vue sur leur droite ; le camion passa à sa hauteur et un kilomètre plus loin, il tourna à gauche en direction de vieux bâtiments en pierre, abandonnés, ressemblant à ceux de l'armée ou de certaines manufactures des tabacs du siècle dernier. Il s'immobilisa sans sortir de sa cabine. Quelqu'un ouvrit un grand portail à moitié rouillé et en mauvais état puis le camion s'engouffra à l'intérieur du bâtiment tandis qu'on refermait immédiatement derrière lui.

Phil et François se garèrent à proximité mais à distance suffisante pour surveiller sans être remarqués, et avertirent les collègues de Bordeaux qui arrivèrent peu de temps après. Ils prirent place pour faire le guet tandis que Phil et François se mirent à l'écart en compagnie du capitaine chef de groupe afin de définir la stratégie.

— Mes hommes sont tous munis d'un gilet pare-balles à port dissimulé, nous ne savons pas ce qui nous attend ! Vous en êtes également équipés ?

— Oui, c'est dans la voiture, nous allons l'enfiler.

Ces nouveaux gilets étaient plus discrets, efficaces et au moins ils se mettaient sous la chemise, ce qui était plus agréable que les précédents trop imposants, qu'ils devaient les porter par-dessus leurs vêtements, ce qui leur donnait un air engoncé et les gênait parfois dans leurs mouvements.

— Voici le plan des installations. Nous allons définir notre positionnement avant de donner l'assaut, exposa le capitaine de Bordeaux.

Il en discuta avec François sous l'œil attentif de Phil et des deux autres lieutenants chargés de diriger leur groupe. Ils convinrent également, en accord avec le procureur, que Phil et François ramèneraient Ghislain Conleau avec eux, tandis que l'équipe de Bordeaux prendrait en charge toutes les autres personnes présentes.

Ils joignirent leur hiérarchie respective. L'assaut pouvait être donné.

L'ordre décrété, tout le monde débarqua en quelques secondes pour se présenter les uns au portail non verrouillé, les autres à des ouvertures diverses, devant et derrière le bâtiment. Ils ne savaient pas devant combien d'individus ils allaient se retrouver, ni dans quelles conditions. Des voitures se positionnèrent de telle sorte qu'elles empêchaient toute fuite.

A priori, le local semblait sombre et désaffecté. Le camion YDR avec le véhicule écrasé se trouvait devant l'entrée. Un homme était occupé à changer la plaque d'immatriculation à l'arrière du véhicule transporté. Il fut surpris par l'intrusion des policiers en armes et leva immédiatement les mains en laissant tomber un outil, soit par inadvertance soit pour avertir les collègues. Deux conteneurs métalliques en mauvais état, de type transport maritime international, étaient posés à même le sol, sur la droite, chacun étant ouvert à une extrémité. Ils étaient visiblement bien éclairés à l'intérieur. D'autres policiers se présentèrent devant ceux-ci, surpris de ne rencontrer aucune résistance armée… Ghislain Conleau discutait avec un autre homme dans le premier aménagé en bureau. Sur une table se trouvaient un sac en cuir noir, des téléphones portables, des documents. Deux individus s'affairaient dans le second qui servait visiblement de laboratoire et de local de conditionnement pour la drogue, avec instruments de pesage, de dosage, d'ensachage. Des sacs en aluminium renforcé s'entassaient dans un angle. En neutralisant les individus, ils découvrirent que ces derniers portaient une arme dans leur holster, un Glock 17 de quatrième génération. Une excellente arme autrichienne très prisée avec sa carcasse en polymère plus durable que l'acier et bien plus légère. Aucun des deux n'eut le temps de réagir, ils étaient trop concentrés sur leur tâche qu'ils effectuaient sans méfiance. Sans doute avaient-ils procédé à ce type d'opération de nombreuses fois sans jamais se sentir inquiétés ni avoir été dérangés. Tous levèrent les mains et furent menottés avant même qu'ils puissent opposer la moindre résistance. À la différence des scènes abondant dans les polars violents, il n'y eut ici aucune fusillade avec échanges de coups de feu à n'en plus finir, au-delà même de la capacité des chargeurs ! La réalité se révélait bien différente. Pas de course-poursuite effrénée non plus comme se plaisent à nous offrir certains réalisateurs où l'un des trafiquants réussit à s'échapper et est rattrapé de justesse par un policier toujours un peu surhomme ! Tout se passa en douceur… Une rapide fouille, qu'il faudrait approfondir, permit de découvrir dans le sac en cuir noir des sommes importantes en billets de cinquante euros, deux pistolets dans les tiroirs du bureau, deux dans un autre meuble ainsi que des chargeurs complets. Les quatre armes étaient des SIG Pro 2022 calibre 9 mm parabellum avec chargeurs complets également. Le capitaine de Bordeaux sourit, car il réalisa immédiatement qu'ils venaient de retrouver le reste des armes volées dont l'une avait été découverte dans la résidence secondaire du docteur Le Vincin.

Phil et François réagirent aussitôt en imaginant que leur enquête allait peut-être avancer d'un bond ! Ils espéraient qu'il suffirait de tirer sur le bout du fil que représentait Ghislain Conleau pour dévider la bobine.

Le capitaine de Bordeaux appela son patron pour solliciter l'équipe de la police technique et scientifique ainsi que deux binômes pour sécuriser les lieux pendant que ces derniers allaient opérer. Ils devaient aussi déclencher une descente dans l'entreprise de dépannage et de remorquage avec laquelle Ghislain semblait être en contact étroit.

De leur côté, Phil et François rendaient compte à leur patron de Quimper qui préconisa, avec l'accord du procureur, de procéder à l'arrestation de Serge Le Pénity, de lui signifier sa mise en garde à vue et de profiter de sa présence pour perquisitionner son entreprise et sa maison.

Bien entendu, il en serait de même pour le domicile de Ghislain Conleau et son épouse serait interrogée pour déterminer s'il bénéficiait de la complicité de celle-ci.

Le simple suivi de Ghislain jusqu'à la découverte de son point de chute à Bordeaux venait de déclencher une succession de conséquences qu'ils n'avaient jamais imaginées et cela sans même avoir préparé une opération de grande envergure. Comme quoi, une filature improvisée pouvait parfois donner de meilleurs résultats qu'une opération mûrement réfléchie. Il fallait souvent des heures et des jours de traque pour monter des opérations compliquées, pour n'aboutir qu'à un résultat médiocre… Ils se disaient que pour une fois la chance était de leur côté.

Une demi-heure plus tard, de nombreuses voitures banalisées et d'autres aux couleurs de la police nationale débarquaient sur le site tandis que les hommes menottés prenaient place dans les différents véhicules des OPJ, prêts pour le départ.

Le commissaire de police de Mériadeck arriva également en compagnie du procureur ; ils s'isolèrent avec le capitaine, les deux lieutenants de Bordeaux, ainsi que Phil et François. Ces derniers leur relatèrent la situation et le déroulement de l'action qui n'avait déclenché ni coup de feu ni violence.

Du côté des trafiquants, la surprise avait été totale. À présent il fallait découvrir qui faisait quoi et comment. Ils se séparèrent rapidement car la mise en garde à vue commençait immédiatement selon la procédure ; elle inclurait le voyage, ce qui diminuerait la durée effective des interrogatoires. Les équipes de Bordeaux allaient se charger de faire toute la lumière de leur côté ; Phil et François reprenaient la route en direction de Quimper avec à bord Ghislain Conleau, il était dix-neuf heures.

XIV

Mardi 22 septembre. Matin.

Le trajet vers Quimper se déroula dans un silence absolu. Visiblement, Ghislain Conleau n'éprouvait aucune envie de poser de questions. Phil et François n'étaient pas étonnés. Cet homme avait déjà été confronté à plusieurs reprises à ce genre de situation et il devait réfléchir aux arguments qu'il devrait fournir face aux interrogations de la police. La partie ne serait pas facile, il le savait, son seul objectif… limiter la casse. Mille questions et autant de réponses lui venaient sans cesse à l'esprit sur ce que la police pouvait bien savoir exactement…

Il était près de deux heures du matin lorsque Phil et François enregistrèrent les données administratives de Ghislain Conleau.

Impossible de regagner leur domicile pour ne dormir que quelques heures car la durée légale de garde à vue de vingt-quatre heures était déjà bien amputée des six heures de trajet. Il ne restait plus que dix-huit heures.

Ils procédèrent au relevé de ses empreintes digitales ainsi qu'au prélèvement pour l'analyse ADN ; Phil déclencha le logiciel spécifique et François demanda à Conleau de lui remettre ceinture et lacets et de vider ses poches. Il refusa la présence d'un avocat. Ces formalités accomplies, ils pouvaient commencer l'interrogatoire. Mais celui-ci se montra laborieux, car Ghislain Conleau restait silencieux face aux questions, mutisme complet…

*

Un peu avant huit heures, ils rendirent compte dans le moindre détail au patron et au procureur.

Le patron, Yann Le Godarec, leur apprit que Serge Le Pénity était en garde à vue également. De faux papiers avaient été découverts à son domicile ainsi que d'importantes sommes d'argent en billets de cinquante euros pour l'essentiel, dans sa maison ainsi que dans l'appartement aménagé du sous-sol où résidait ponctuellement Ghislain Conleau. Les coupures étaient usagées, plus faciles à écouler. Par contre, pas la moindre arme. Une seconde perquisition plus minutieuse s'imposait afin de dénicher des caches intégrées dans les murs ou dans le sol qu'il faudrait sonder avec des appareils spécifiques.

Pour l'instant, Serge Le Pénity s'était calé dans un mutisme total, lui aussi, face à Joël Le Traon et à son collègue, chargés de son interrogatoire.

Le point fait avec le patron, les deux OPJ prirent rapidement un petit déjeuner puis revinrent vers

Ghislain Conleau dans le bureau. Un petit déjeuner lui ayant aussi été servi comme le prévoient les dispositions de la procédure, l'interrogatoire pouvait reprendre :

— Pour rester dans la chronologie des faits, nous allons partir de votre casier judiciaire…

— Il est vierge, il n'y a rien dessus ! rugit-il.

Enfin, il allait commencer à parler, se dirent-ils.

— Désolé, mais je peux vous rappeler les conditions de la loi sur l'effacement des peines sur un casier judiciaire si vous voulez… Étant donné que dans votre cas il y a récidive, avec la gravité du fait qui vous est reproché ainsi que la longueur de votre dernière peine, votre palmarès a toujours la chance d'y figurer ! Je vous accorde qu'au vu des textes, ce n'était plus pour très longtemps certes… Mais avec ce qui risque de vous arriver, je crois que ces inscriptions sont reparties pour durer !

Sa colère était visible et compte tenu de sa carrure, ils estimèrent qu'il valait mieux le laisser menotté et attaché au montant métallique du fauteuil. Mais il resta silencieux, se rongeant les sangs.

— Donc, vous sortez de prison ! Que se passe-t-il ensuite ?

— Rien… et je ne voulais plus y retourner ! Je suis venu dans le Golfe du Morbihan où j'ai effectué quelques petits boulots saisonniers. C'est là que j'ai rencontré celle qui est devenue mon épouse. Après l'été, je suis rentré dans une entreprise de dépannage et de remorquage, ça s'est bien passé, puis j'ai obtenu mon permis poids lourd et je suis resté dans cette même entreprise en y évoluant.

— C'est là que vous rencontrez Serge Le Pénity ?

— Nous travaillions ensemble en effet.

— Mais, dans le même temps, vous avez gardé des contacts sur Paris et la région parisienne avec vos anciens amis, dealers et petites combines, n'est-ce pas ?

— Non, j'ai tout arrêté et rompu les ponts. Je vous l'ai dit, je ne veux pas retourner en prison.

— Et, il y a trois ans, vous décidez de suivre Serge Le Pénity dans l'entreprise qu'il venait de racheter à Douarnenez.

— On s'entendait bien au travail et oui, il m'a embauché…

— Pourtant ce n'était pas simple pour vous, car vous habitez toujours à Vannes où votre épouse travaille et vous avez deux enfants.

— Oui, c'est exact, mais c'est mon problème, je fais la route autant de fois que nécessaire et Serge m'héberge bien souvent en semaine ou lors des astreintes, ce qui fait que cela ne me pose aucune difficulté.

— Ah, je ne vous l'ai pas encore dit, Serge Le Pénity se trouve également en garde à vue à côté.

— Laissez-le en dehors de tout ça ! réagit-il immédiatement.

— De tout quoi ?

Il garda le silence, ne sachant pas ce que la police savait ni ce qu'il devait dire.

— Alors ? Je vous écoute…

Ghislain se cala dans son fauteuil et attendit, s'enfermant à nouveau dans le silence.

— Nous allons vous aider. Nous avons perquisitionné le lieu de travail et le domicile de Serge Le Pénity et avons fait quelques découvertes. Je vous précise aussi que, selon les déclarations de ce dernier, c'est vers vous que nous devons nous retourner pour obtenir quelques explications, vous seriez le cerveau de toute cette affaire. C'est bien ça ? Ce qui explique aussi votre réflexion de tout à l'heure !

— Je ne comprends rien à vos propos !

— Si j'étais vous, je ne jouerais pas l'innocence naïve, car, cette fois, vous risquez lourd puisque vous allez devoir passer par les assises ! Vous voyez où je veux en venir ? Si vous voulez mon sentiment, vous serez près de l'âge de la retraite lorsque vous sortirez !

— Vous racontez n'importe quoi ! Je suis un simple conducteur de poids lourd et j'ai acheminé une voiture là où on m'a demandé de le faire, je ne vois vraiment pas ce qu'il y a de mal à ça ni où est le problème.

— Curieux endroit tout de même, pour ce genre d'intervention ! Pourquoi pas dans un garage officiel, notamment celui que vous appelez régulièrement depuis votre portable ?

François venait de commencer à dévoiler une infime information, juste pour le mettre devant ses responsabilités et analyser ses réactions, en attendant de recevoir les premiers résultats des investigations menées sur les lieux de l'arrestation par la police technique et scientifique de Bordeaux. Mais si son visage se crispa, il fit preuve d'un excellent contrôle de lui-même.

— J'attends vos explications !

— Mais il n'y en a pas ! On me donne une adresse, je la rentre dans mon GPS et je m'y rends ; j'ai été aussi surpris que vous par ces lieux de rendez-vous pour le moins inhabituels !

— Inhabituels ! Mais vous vous fichez de nous ! Nous savons que ce n'est pas la première fois que vous vous y rendez et donc, vous les connaissez bien !

— Pas que je sache ! Vous avez des preuves de ce que vous avancez ?

— Eh oui ! Grâce au suivi géolocalisé de votre portable ! Pas de chance, n'est-ce pas ?

Ghislain Conleau sentait que le filet se resserrait et qu'il devait surnager coûte que coûte pour contrer à tout prix l'OPJ.

— Vous voudriez me faire avaler n'importe quoi, mais je vous préviens, je ne marche pas dans vos combines et je vous confirme mes derniers propos. Pour le reste, croyez ce que vous voulez et écrivez ce qu'il vous plaira, je ne signerai rien et je contesterai tout autre argument de votre part, c'est clair ?

— Nous découvrons des armes, de la drogue et de l'argent à ce lieu de rendez-vous et vous trouvez cela normal, rien de plus simple et de banal au fond !

— Ah bon ? Vous avez trouvé tout ça ? Je ne suis au courant de rien !

— Arrêtez de vous payer notre tête, car ce n'est pas votre casier qui va améliorer les choses !

— Et voilà, on a un casier et tout de suite on est marqué à vie ! Mais vous êtes tous tarés, ce n'est pas possible, puisque je vous dis que je n'ai fait que transporter une voiture accidentée à l'endroit qui m'a été désigné et puis c'est tout, point final !

Ghislain Conleau était décidé à camper sur ses positions et réussissait pour l'instant à donner le change. François continua inlassablement à revenir sur les mêmes questions en utilisant différents stratagèmes, mais il obtenait toujours les mêmes réponses auxquelles il ne pouvait croire une seule seconde. Il fallait débloquer la situation d'une autre manière, trouver une brèche dans son moyen de défense.

À midi, ils en étaient toujours au même stade, les esprits s'échauffaient mais toujours rien de nouveau. François appela le patron et ils décidèrent d'un arrêt pour déjeuner, selon le code de procédure.

Les quatre OPJ se retrouvèrent dans le bureau du patron. Constat amer dans l'immédiat. Malgré des présomptions de preuves accablantes et tous les soupçons de trafic que l'on pouvait facilement imaginer, ils n'avaient toujours rien de concret contre Ghislain Conleau. Visiblement, il était encore trop tôt pour sonner l'hallali ! Le patron appela la police de Bordeaux :

— Est-ce que vous avez avancé ? demanda-t-il à son homologue.

— Malgré les tonnes de preuves on ne peut plus écrasantes, nous nous heurtons au silence le plus total des personnes interpellées.

— Les armes sont bien celles qui vous avaient été dérobées ?

— Oui, cette fois elles sont au complet en comptant celle découverte chez la victime du côté de Douarnenez. Maintenant il va falloir qu'ils nous expliquent comment elles se sont retrouvées là !

— Ce n'est sûrement pas le fruit du hasard, il y a indéniablement un lien entre ces arrestations à Bordeaux et le meurtre du docteur Le Vincin chez nous ! Lequel ? Il faudra le trouver et surtout le prouver !

— Par contre, nous détenons un élément intéressant qui devrait vous aider. Nous avons retrouvé dans le camion un jeu de plaques d'immatriculation et les papiers correspondants…

— C'est-à-dire ?

— En fait, votre gars fait a priori le trajet Douarnenez-Bordeaux en transportant une voiture accidentée immatriculée dans le trente-trois avec les papiers correspondants, a priori en bonne et due forme. Bien entendu, ceux-ci sont faux mais parfaitement falsifiés et en cas de contrôle routier éventuel, ça passe sans problème. Puis il repart avec toujours le même véhicule accidenté sur le plateau mais avec une nouvelle immatriculation pour le vingt-neuf sur le trajet inverse Bordeaux-Douarnenez !

— Excellent moyen pour circuler inaperçu et ne pas être arrêté ni attirer l'attention, s'exclama le patron.

— Tout à fait ! Et l'un des hommes procédait au changement de plaques lorsque vous êtes arrivés sur les lieux. Un cas comme celui-là, on ne l'a encore jamais rencontré, mais c'est astucieux. À partir de là, il faut savoir d'où vient et où va la drogue, idem pour l'argent liquide découvert, car tout est lié, c'est évident ! Bien sûr, comme dans presque toutes les affaires, on a beau les prendre la main dans le sac, ils sont toujours innocents… capables de nier l'évidence ! Si bien que pour l'instant, on ne sait ni qui, ni quoi, ni comment. Et de votre côté ?

— Silence total également, il va falloir enfoncer le clou, mais maintenant on va pouvoir augmenter la pression sur notre client, Serge Le Pénity. Il va bien falloir qu'il s'explique ; de même que Ghislain Conleau. En les traitant séparément puis en les forçant un peu en les opposant, on devrait commencer à y voir plus clair ! On se tient au courant.

Ils décidèrent de la stratégie à adopter et convinrent de ne pas mélanger dans l'immédiat l'affaire du meurtre de Jean-Pierre Kermerrien avec celle de Bordeaux, mais de se focaliser sur le transport de la fameuse voiture accidentée afin d'impliquer l'entreprise elle-même, ce qui pourrait déstabiliser Serge Le Pénity ; puis dans un deuxième temps de partir des armes volées, ce qui mettrait en relation directe le lien établi et impliquerait Ghislain Conleau seul, ou Serge Le Pénity avec lui. Ce qui était plus probable…

Ce ne serait qu'après qu'ils en viendraient au meurtre de Jean-Pierre Kermerrien, tué avec la même arme que Jérôme Le Vincin…

Toujours dans le bureau du patron, rapidement, ils mirent au point de fausses affirmations de l'un à opposer à l'autre afin de les obliger tous les deux à se justifier et, à un moment, à se découvrir et à donner prise aux OPJ.

Le chemin était encore long, mais il se précisait…

Le patron de Bordeaux rappela au moment où ils allaient justement quitter le bureau… il venait d'obtenir une nouvelle information :

— Je viens d'apprendre que nous retrouvons essentiellement les empreintes de Ghislain Conleau et celles de Serge Le Pénity sur le sac de cuir noir contenant une très forte somme d'argent. D'après les premières analyses, qui restent à confirmer, il semble vraisemblable que ce sac ait servi à transporter de la drogue. Un autre sac, du même genre, a été découvert dans l'autre conteneur qui lui, à l'inverse, a dû servir à transporter l'argent liquide et s'apprêtait à être utilisé pour la drogue…

— Ce qui pourrait laisser à penser que la drogue venait de Douarnenez, car en dehors d'une pause dans une station-service d'autoroute près de Niort, le camion ne s'est pas arrêté, pas plus qu'il n'est sorti de l'autoroute…

— Oui, et cela implique donc les deux hommes de votre côté… Nous allons voir du nôtre à présent. L'un des hommes interrogés est le patron de l'entreprise de dépannage et de remorquage du sud de Bordeaux… J'attends les résultats de la perquisition effectuée chez lui et dans ses locaux…

Pas d'autres solutions dans l'immédiat que de déjeuner rapidement et de reprendre au plus vite les interrogatoires…

François demanda au patron de solliciter le procureur ou le juge d'instruction pour obtenir la prolongation de la garde à vue de vingt-quatre à quarante-huit heures.

XV

Mardi 22 septembre. Après-midi.

Ils reprirent les mêmes places dans le bureau. Ghislain Conleau, le fringant personnage qu'ils avaient rencontré quelques jours plus tôt, semblait avoir pris dix ans, avec sa barbe de deux ou trois jours, ses poches sous les yeux et ses traits tirés.

Une fois le logiciel de procédure déclenché par Phil, François reprit l'interrogatoire :

— Notre enquête avance, nous sommes persuadés que vous allez pouvoir nous préciser certains points ! Depuis quand faites-vous la navette entre Douarnenez et Bordeaux avec la même voiture accidentée, bonne pour la casse, sur laquelle vous mettez une plaque d'immatriculation de la Gironde pour l'aller et du Finistère pour le retour…

Il baissa la tête, la police commençait à dévoiler son jeu, il se sentait de plus en plus acculé, cette fois.

— Alors, je vous écoute !

Il se contenta d'un haussement d'épaules. François se fit insistant et Ghislain Conleau répondit en relevant la tête :

— Aucune idée ! Je me contente de conduire un camion, de convoyer une voiture là où l'on me le demande et puis c'est tout !

— Mais, si je comprends bien, pour vous, il n'y a rien d'anormal, tout est logique, c'est ça ?

— Oui, je fais ce que le patron exige de moi, j'exécute les ordres...

— Ainsi selon vous, c'est votre patron qui manigance tout cela ?

— Je n'ai pas dit ça, je n'ai fait que répondre à votre question proprement dite de la voiture !

— Vous êtes trop fort ! Sachez que durant la pause nous avons obtenu de nombreuses informations depuis Bordeaux. En réalité, mais vous le savez très bien puisque vous étiez témoin de l'opération, ceci n'était que le prétexte pour pouvoir acheminer de la drogue et ramener de l'argent liquide. Au moment de votre arrestation, vous étiez bien avec le chef d'entreprise de Bordeaux avec qui vous avez échangé à de multiples reprises ! La transaction venait de se faire. Pendant qu'il vérifiait la quantité et la qualité de la drogue, vous preniez l'argent en contrepartie, ne nous dites pas le contraire !

— C'est vous qui l'affirmez, je ne sais rien de tout ça, ce ne sont que des suppositions !

— Vous avez donc décidé de continuer à vous moquer de nous ! Comment expliquez-vous dans ce cas la présence de vos empreintes digitales sur ce sac ainsi que celles de votre patron Serge Le Pénity ?

— Je ne me l'explique pas !

Comme toujours, en pareille circonstance, lorsqu'ils avaient affaire à des personnes habituées aux gardes à vue et à la prison, ils n'ignoraient pas qu'ils devraient faire face à beaucoup de dérision. Leur jeu était toujours le même, celui de ne rien savoir, de ne rien comprendre, d'ignorer ce que la police recherchait. Elles étaient blanches comme neige et ne comprenaient pas ce qui leur arrivait… pour finalement, après de longues heures, lâcher le morceau. Phil et François savaient que ce petit jeu du chat et de la souris allait encore prendre des heures et des heures… La manière forte des grandes années n'existait plus, depuis la mise en place du logiciel de procédure de garde à vue. Ils ne pouvaient y déroger. Pas d'autre solution que de prendre son temps, de monter progressivement en pression et d'aller jusqu'au bout…

François revenait sans cesse à la charge avec des arguments développés, mais Ghislain Conleau continuait à jouer le naïf de service qui avait été manipulé… Ce qui n'était pas du tout crédible.

— Arrêtez de nous prendre pour des cons ! s'écria François en frappant du plat de la main sur la table pour exprimer sa colère. Maintenant ça suffit ! Vous voulez la fermer ? Grand bien vous fasse, vous aurez tout le temps de réfléchir en taule !

— Ah bon ? Pour avoir transporté une voiture à Bordeaux ! Là, c'est vous qui me prenez pour un con ! Il restait serein et maître de ses émotions. La seule note de colère fut son regard qui se fit sévère face aux contradicteurs.

François sentait bien que c'était largement insuffisant pour le serrer vraiment à ce stade avec le peu de billes qu'ils détenaient.

Le patron appela. Joël Le Traon venait enfin d'obtenir un indice à exploiter auprès de Serge Le Pénity et il souhaitait voir les quatre OPJ dans son bureau. Phil et François décrétèrent une pause et appelèrent deux policiers en tenue pour assurer la surveillance.

— Alors ? demanda François à Joël en s'installant dans le bureau de Le Godarec.

— Nous avons essayé la piste du convoyage de voiture accidentée vers Bordeaux et retour, mais il fait l'innocent complet ; en d'autres termes, il se fout complètement de notre gueule ! Au bout d'une heure à tourner en rond, je l'ai chatouillé sur le meurtre du docteur Le Vincin commis avec cette arme appartenant au lot volé à Bordeaux et là, on ne rigolait plus, parce que c'étaient les assises qui l'attendaient et plus question de s'occuper de sa fille ni de la voir grandir…

— Bien joué !

— Là, nous avons nettement senti que nous avions touché sa corde sensible. Ce n'était plus le même bonhomme. Lorsque j'ai vu que ça prenait, je lui ai dit que je pouvais encore lui limiter la casse, mais il fallait qu'il me donne quelque chose en contrepartie… Comme je tenais la corde, je suis aussitôt revenu sur le docteur Le Vincin et là, il nous a lâché qu'il n'était pas d'accord avec Ghislain Conleau, mais qu'il n'avait pas pu l'empêcher de faire cette connerie… et que, pour ce meurtre, il fallait voir exclusivement avec lui ! Là, je peux te dire que ça nous en a bouché un coin !

— Mais il t'a dit pour quelle raison ?

— Une affaire personnelle à cause de son gamin…

— Quand tu dis son gamin, tu parles bien du fils de Ghislain Conleau ?

— Oui, c'est ce qu'il nous a balancé, une sale histoire à Vannes qu'il voulait régler lui-même et Serge Le Pénity nous a répété, à plusieurs reprises, qu'il lui aurait déconseillé de le faire, qu'il y avait peut-être d'autres moyens que celui-là ! Nous n'en savons pas plus. C'est certainement dans cet axe que vous devez vous diriger avec lui maintenant…

— D'accord, excellent ! Impossible d'imaginer une telle situation ! Nous étions toujours avec son transport de voiture et lui nous a véritablement baladés, mais c'est fini, on va lui rentrer dedans…

Peu de temps après, Phil et François libéraient les gardiens de la paix et reprenaient l'interrogatoire.

— Votre affaire avance à grands pas mais hélas dans le mauvais sens pour vous. Nous détenons des preuves formelles et accablantes qui démontrent que vous êtes coupable de l'assassinat du docteur Le Vincin, celui que vous aviez dépanné la veille à Kerlaz, qu'en dites-vous ?

Le choc était violent. Visiblement, il ne s'y attendait absolument pas. Il se décomposa. Ses mains tremblaient. La cible était la bonne. François devait à présent jouer la carte du gamin, tout en ne sachant pas de quoi il en retournait.

— Vous devez savoir que nous avons également placé votre épouse en garde à vue. Elle nous a confié un certain nombre d'informations… Elle n'a pas votre résistance… ne lui en voulez pas. En conséquence, nous aimerions que vous nous parliez de votre fils… Nous savons tout, mais nous vous cherchons des circonstances atténuantes et si vous vous expliquez, nous sommes persuadés que nous pourrons plaider en votre faveur, nous savons faire la part des choses…

François crut un instant qu'il allait s'écrouler en pleurs. Ces propos semblaient l'atteindre et l'émouvoir.

— Nous comprenons parfaitement qu'il vous soit très difficile d'en parler; nous sommes nous-mêmes hommes et pères de famille avant tout, nous pouvons tout entendre.

Les propos de François faisaient mouche, mais l'un comme l'autre se demandaient bien ce qu'il allait pouvoir leur révéler pour justifier ce meurtre?

Il maintint encore le silence, mais son comportement n'était plus le même, les deux OPJ sentaient qu'il allait se confier. François lui proposa de l'aider:

— Le mieux serait que vous partiez de très loin pour en arriver jusqu'à votre logique et ce qui vous a amené à ce vous avez fait. Nous allons enregistrer votre déclaration, cela pourra vous servir pour votre défense... Vous êtes d'accord?

Il approuva de la tête, sans répondre franchement. Pas question de le brusquer dans l'immédiat. François devait le conduire à se livrer. Il lui demanda:

— Lorsque vous avez été appelé pour ce dépannage, connaissiez-vous le docteur Le Vincin, et saviez-vous qu'il était pédiatre dans un centre hospitalier de Vannes?

— Non, j'avais vaguement entendu ce nom, sans plus, j'ignorais à cet instant que c'était lui que mon épouse consultait pour notre petit garçon. Je vous assure que je n'ai pas, une seule seconde, fait le rapprochement en venant le dépanner. Loin de moi l'idée que le type en question pouvait être de Vannes, et qu'il était pédiatre.

— Bien sûr, nous pouvons le comprendre, quel âge a votre garçon?

— Il avait vingt mois…

— Pourquoi il avait ?

— Non, excusez-moi, je voulais dire qu'il avait vingt mois au moment des faits…

François sentit qu'il ne fallait pas aller plus loin sur ce chapitre, Ghislain en avait les larmes aux yeux et sa voix devenait incertaine, ce qui les surprit tous les deux… Aussi François reprit du début :

— Vous arrivez donc le samedi chez lui, que se passe-t-il ?

— Il m'explique ce qu'il a constaté et, dès lors, je me mets en situation pour le dépanner. Je ne réalise toujours pas qui il est. Je suis venu à une adresse à Kerlaz pour l'exercice de mon métier.

— Le connaissiez-vous au moins de vue ?

— Non, pas du tout, je ne l'avais jamais rencontré…

— Continuez.

— Je résous son problème et il m'invite à le suivre pour prendre un café que je refuse poliment car le week-end, il vaut mieux être prêt à répondre rapidement. J'établis ma facture et lui son chèque et c'est là que je vois son adresse à Vannes… Fort de ce constat, je le fais parler un peu pour montrer que je m'intéresse à lui, même si je n'ai pas accepté son café. Il me dit qu'il est pédiatre et à quel endroit il exerce et là, je suis sous le choc. Je ne dis rien. Je lui demande s'il attend quelqu'un, il me répond que non, qu'il est seul et veut se reposer ; son épouse, elle, ne viendra que lundi matin après son service. Je ramasse mon carnet, son chèque, le salue et je m'en vais, véritablement hébété. En repartant, après un premier carrefour, je m'arrête et j'appelle mon épouse pour avoir les confirmations…

— Lesquelles ?

— Que c'était bien lui qui suivait mon épouse et mon garçon depuis la naissance.

Ce qu'elle me confirme. Je le lui décris pour éviter une méprise, elle vérifie sur le carnet de santé de notre garçon, c'est bien lui ! À partir de ce moment-là, je ne pense plus qu'à ça, cela devient obsessionnel… et je me dis que l'occasion est trop belle pour ne pas lui foutre la trouille de sa vie, histoire de lui faire payer pour ce qu'il a fait…

— Et qu'est-ce qu'il a fait ?

— Bousillé à vie mon petit garçon… Lui qui était si adorable, si beau, plein de vie !

Cette fois, il craqua et se mit à pleurer. Phil et François étaient complètement décontenancés devant une telle situation qu'ils n'avaient encore jamais rencontrée. Ils gardèrent le silence. Maintenant, il allait devoir s'expliquer.

— Dites-nous tout, lui souffla François, dans le détail, afin que nous comprenions bien…

Le ton de François était empreint d'une sincère compassion. Voilà que l'interrogatoire prenait une tout autre forme, alors que jusque-là, ils voulaient en découdre avec lui ; l'ambiance devenait presque surréaliste par rapport à celle du matin.

— Racontez-nous les faits aussi précisément que possible.

— Moi et mon père, décédé, lui, depuis quelques années, avons un système immunitaire affaibli et un risque potentiel de développer des maladies auto-immunes si notre organisme est confronté à certaines agressions.

— De quel type ?

— Un vaccin par exemple, car on inocule un agresseur à forte dose. Je ne me suis jamais fait vacciner depuis l'école primaire sauf pour celui qui est obligatoire. Mon épouse le sait et a averti le médecin de famille qu'elle ne voulait pas faire certains vaccins à nos deux garçons, comme celui de l'hépatite B et toute la panoplie que certains médecins sont bien prompts à effectuer pour se faire du fric et surtout faire plaisir aux laboratoires avec lesquels ils sont maqués !

— Et votre grand garçon ?

— Notre médecin, qui n'était pas celui-ci, avait scrupuleusement respecté la demande de mon épouse et son refus est noté dans son carnet de santé.

— Et alors pour le petit ?

— Mon épouse l'a dit également à ce Le Vincin ; car je ne pourrai jamais l'appeler docteur, il ne le mérite pas ! Ne pas le vacciner contre l'hépatite B, ni contre la gastro... La gastro ? Vous vous rendez compte où ils en sont rendus pour se faire du fric ? Et si les parents ne disent rien, lui faisant confiance, il en profite pour faire un vaccin qui contient d'autres virus du même acabit, pour se faire de l'argent, ils sont généreux pour inoculer des souches de toutes sortes... Ce type a donc répondu à mon épouse qu'il ne faisait que le minimum obligatoire...

Ghislain peinait à s'exprimer, visiblement rongé par la douleur. François reprit doucement :

— Et alors ?

— En réalité, la piqûre comprenait la base obligatoire et l'*haemophilus influenzae b*... et ces deux derniers mots, je ne suis pas près de les oublier, je vous le jure et vous savez ce que c'est ?

François se tourna vers Phil et tous deux firent la moue, incapables de répondre.

— Non, firent-ils en secouant la tête.

— Celui de l'hépatite B, justement celui qu'il ne faut pas faire à mes garçons, car ils présentent, tout comme pour mes parents et moi, un risque potentiel de développer une maladie auto-immune grave ! Et ça n'a pas loupé... Mon petit va le payer toute sa vie... TOUTE SA VIE, vous savez ce que cela veut dire ?

Un émouvant silence s'installa, puis Ghislain Conleau demanda :

— Avez-vous des enfants ?

— Oui, répondit François et Phil approuva de la tête en pensant à Clémence.

— Alors vous pouvez comprendre que je ne lui pardonnerai jamais et je ne regrette pas ce que j'ai fait !

— Ne dites pas cela pour l'instant et racontez-nous plutôt comment vous vous y êtes pris ?

— Toute la nuit du samedi au dimanche, j'ai tourné ce problème dans ma tête. Le dimanche étant un peu plus calme, Serge était d'accord pour assurer la permanence mais il me répétait de ne pas y aller...

— C'est en effet ce qu'il a dit et qui a été couché dans le procès-verbal.

Il regarda François sans répondre et comprit que Serge avait parlé, tout comme son épouse et que la police savait tout, même si ce n'était pas le cas. Il se détendit, décidé à tout raconter cette fois.

— Le dimanche matin, je me suis rendu sur la route qui passe devant chez lui pour m'assurer qu'il n'y avait pas d'autres voitures et qu'il était bien seul… Cela semblait être le cas. J'ai regardé si on pouvait entrer chez lui par le jardin du voisin, c'était possible mais difficile de chaque côté. Je suis revenu sur mes pas et je suis allé dans le champ qui donne derrière chez lui, longe son jardin et celui de chaque voisin. Là c'était simple et très discret, personne ne pouvait me voir, ni en venant ni en repartant.

— Vous n'avez rencontré personne ?

— Non et même si une voiture était venue sur la route je me serais arrangé pour lui tourner le dos et donner l'impression d'aller vers le sentier côtier. Dans ce secteur, les gens marchent davantage sur le chemin qu'on appelle le GR 34.

— Oui, effectivement.

— Le soir, je suis revenu…

— Quelle heure était-il ?

— Vingt et une heures trente environ, il n'y avait plus âme qui vive dehors alors qu'il faisait beau et encore jour. À cette époque la fraîcheur tombe un peu plus tôt. J'ai garé ma voiture sur un chemin beaucoup plus haut, presque parallèle à la route qui passe devant chez cet homme et je suis venu à travers champs jusque chez lui. J'ai franchi la petite haie et je suis entré dans son jardin. Certaines grandes baies étaient ouvertes. Discrètement j'ai essayé de repérer dans quel endroit de la maison il se trouvait. Il était devant sa télévision, puis je l'ai vu se lever et se rendre dans son bureau où il m'avait rédigé le chèque la veille. Je suis arrivé très rapidement derrière lui lorsqu'il s'asseyait, je lui ai dit de rester assis et de ne pas bouger, que nous avions à parler…

— Vous aviez votre arme en main ?

— Oui, pointée sur lui. Il a évidemment été très surpris et m'a aussitôt reconnu. Il m'a dit qu'il ne comprenait pas ce que je venais faire, qu'il m'avait payé et n'avait pas d'argent liquide à la maison. Je lui ai répondu que je ne venais pas pour de l'argent et que je n'en voulais pas, que ce n'était pas l'objet. Il a paru légèrement rassuré à ce moment-là. Il m'a demandé ce que je voulais dans ce cas? Je lui ai demandé s'il connaissait mon jeune garçon… Et je lui ai donné son nom et son prénom ainsi que celui de mon épouse.

Il garda le silence quelques secondes…

François le relança.

— Qu'a-t-il répondu?

— Que ce nom ne lui était pas inconnu mais qu'il voyait passer tellement de monde qu'il ne situait pas du tout. C'est alors que je lui ai dit qu'il avait vacciné mon enfant contre plusieurs maladies dont l'hépatite B et ce contre l'avis de sa mère qui le lui avait bien précisé, ainsi que le motif du refus… « Vous lui avez répondu oui et que vous connaissiez votre métier et vous l'avez vacciné. Résultat, dans le mois qui a suivi, il a déclenché une maladie grave de type neurologique et en portera les conséquences toute sa vie avec des complications auxquelles nous devrons faire face au quotidien et toute sa vie… »

— Quelle attitude a-t-il adoptée?

— Il m'a pris de haut en me disant que cela n'avait rien à voir et que de toute façon je ne disposais d'aucune preuve justifiant le refus de mon épouse et d'aller voir ailleurs! Il allait se lever pour me faire sortir sans doute, mais je lui ai dit de ne pas bouger, que je ne rigolais pas et que l'arme n'était pas factice mais bien réelle et chargée… Je crois que ce n'est qu'à ce moment-là qu'il a compris ma détermination et j'ai même senti qu'il prenait peur, enfin… C'est ce que je voulais, je portais des gants, je me suis approché de lui sur le côté et c'est là qu'il m'a dit que je pouvais bien faire toutes les démarches que je voulais… Les laboratoires les contreraient toutes et que ce n'était pas mon attitude qui ferait changer quoi que ce soit…

— Il vous tenait tête ?

— Bien sûr ! Car il ne se sentait guère inquiété par cette situation, véritablement à l'abri de tout par rapport à ces actes de vaccination et il m'a balancé froidement que si la demande n'était pas faite par lettre recommandée avec avis de réception dans le dossier de l'enfant, cela n'avait aucune valeur et qu'il n'en avait rien à faire, car ce serait ma parole contre la sienne. Sous-entendu la sienne qui avait une réelle valeur car elle était appuyée par les laboratoires ! C'est à ce moment-là que j'ai vu rouge, j'étais fou de rage qu'il me traite comme un moins que rien. Je l'ai visé et le coup est parti ! Je suis resté quelques secondes, hébété, puis je me suis dit qu'au vu de sa position avec la tête sur le bureau, je pouvais simuler un suicide…

— Et c'est donc ce que vous avez fait, mais assez maladroitement, car les techniciens n'ont eu aucun mal à identifier un meurtre…

— Je l'ai fait très rapidement et je suis parti comme je suis venu. La nuit était tombée. Je suis rentré à la maison de Serge pour assurer mon astreinte et je lui ai tout raconté, mais je n'ai rien dit à mon épouse qui s'en est simplement doutée lorsqu'elle l'a appris par la presse à Vannes.

— Vous a-t-elle interrogé ?

— Oui. Je lui ai répondu que cette ordure était bien où elle était, que je n'avais rien à voir avec ce crime mais que j'aurais aimé lui faire la même chose, ce qui l'a rassurée. Voilà ce que j'ai fait à ce type et je recommencerais sans hésiter, car la seule chose qui comptait visiblement pour lui, c'était le fric ! Pour rester sourd aux dénégations de mon épouse et la rouler de cette manière, il faut vraiment être un enfoiré ! Mais comme il sait que l'ordre des médecins, l'établissement hospitalier auquel il appartient et les laboratoires qui fabriquent les vaccins en question vont le protéger, il se considère dans une impunité totale et bien entendu, rien ne l'aurait empêché de continuer ainsi durant toute sa vie professionnelle, ce qui à mes yeux était inacceptable…

Un lourd silence plana dans la pièce. Phil et François ne savaient pas quelle attitude adopter face à cette tragédie. Pour une fois, ce fut Phil qui décréta l'arrêt de l'interrogatoire ainsi qu'une pause. Ils ne rajoutèrent rien. Ghislain Conleau s'était tassé sur lui-même dans son fauteuil, les larmes aux yeux. Malgré ce qu'il avait fait et les affaires dans lesquelles il était impliqué mais dont ils ne connaissaient pas encore les tenants et les aboutissants, il leur faisait peine à voir. Il baissa la tête alors que les deux OPJ sortaient, cédant la place au gardien de la paix, chargé de le surveiller.

XVI

Mardi 22 septembre. Fin d'après-midi, suite…

Dans le couloir, Phil se tourna vers François :

— Cette affaire me fait étrangement penser à celle du fils de Nathalie Le Bourgeois-Godard des TIC de Rennes.

— Tu crois ?

— Oui, j'en ai l'impression, allons dans la salle de réunion, il n'y a personne à cette heure et appelons-la pour en savoir plus et bien comprendre, car je t'assure qu'en écoutant Ghislain Conleau, je n'ai cessé d'y penser…

Phil eut beaucoup de chance et put la joindre du premier coup.

— Tu as du nouveau ? demanda-t-elle rapidement, se référant sans doute aux deux affaires en cours.

— Oui, nous venons d'obtenir les aveux de Ghislain Conleau pour le meurtre du docteur Le Vincin de Vannes ; mais ceci n'est sans doute qu'une partie de ce qu'il a à se reprocher. L'objet de mon appel porte justement sur le docteur Le Vincin et une question me taraude.

— Vas-y, si je peux te répondre, je le ferai…

— Cela peut te toucher disons personnellement.

— Ah bon ?

Phil lui raconta dans le détail la déposition de Ghislain Conleau. Nathalie gardait le silence et écoutait attentivement, quand il eut terminé, il lui demanda :

— Qu'en penses-tu ?

— Je vais te dire… S'il ne tenait qu'à moi… Mais tu ne l'enregistres pas ?

— Mais non bien sûr, François est à côté de moi et te salue, nous sommes dans la salle de réunion, tu peux y aller, tout reste entre nous.

— Ce type a eu le courage que je n'ai pas eu… Mon métier m'interdit tout acte de ce genre, et l'irresponsabilité d'une telle attitude pénaliserait terriblement Nino et ma famille, mais dans mon subconscient, si je te disais à quoi je pense…

— À ce point ! Mais pourquoi ?

— Je vais t'expliquer. Mon père est atteint d'une maladie auto-immune et son médecin généraliste actuel, à la fois naturopathe et homéopathe, le suit d'une façon remarquable et lui a permis de s'en sortir convenablement. Il lui a surtout conseillé de ne plus se faire vacciner, car le point faible de son organisme c'est l'immunité donc hors de question de s'exposer. Le vaccin contre la grippe est aussi une fumisterie de première. Je pense que tu te souviens de cet abominable scandale pratiquement passé sous silence qu'était le vaccin H1N1 ?

— Oui.

— Étonnant, non ? D'ailleurs depuis, c'est tout aussi vrai de tous les vaccins contre la grippe ! Après la saison, on nous dira comme toujours qu'une fois de plus, le vaccin qui a été fait « par millions » bien entendu ne correspondait pas à la bonne souche du virus ! Rappelle-toi l'année dernière ! J'arrête là, car je vais encore m'énerver à cause de tous ces enfoirés qui se foutent de nous et s'en mettent plein les poches en se fichant éperdument de la santé des gens ! Pour en revenir à mon médecin de famille, c'est aussi de la même attitude que je dois me méfier. J'ai donc refusé que l'on fasse des vaccins autres que le minimum obligatoire pour l'école à mon premier garçon, Lukas, et surtout pas l'hépatite B ni la gastro et tous les autres virus qu'ils veulent nous coller…

— Mais… Comment peuvent-ils provoquer de telles conséquences ?

— Eh bien, c'est le cas quand ton système immunitaire est trop faible pour recevoir le virus. Ce qui n'est pas le cas de tout le monde, mais tout de même celui de très nombreux enfants et adultes. Pour ton info, mon père était adulte quand il a été vacciné contre l'hépatite B. Il se portait jusque-là comme un charme, sans avoir jamais eu le moindre jour d'arrêt de travail tout au long de sa vie professionnelle… Il a reçu le vaccin de l'hépatite B et dans le mois qui a suivi, il a eu de très graves problèmes de santé…

— Incroyable… ?

— J'ai donc rappelé au pédiatre qui suit Nino : « Vous ne lui faites bien que le minimum… » Il a dit oui, mais je sentais qu'il était faux-cul au possible. Je lui ai répété mon ordre et là il a essayé de me culpabiliser, du genre « oui, mais si vous ne faites pas ce qu'il faut, cela peut être lourd de conséquences pour votre enfant, vous ne voulez pas qu'il lui arrive quelque chose de grave, n'est-ce pas ? » Je te passe son discours… « Rien n'a été prouvé sur les risques de toxicité des vaccins… » Tu me connais, je suis toujours polie et respectueuse, mais là, pour une fois, j'ai eu envie de lui crier « Nous savons que toutes les études sont pipées et tous les experts sont, eux, grassement payés par les laboratoires pour dire que c'est bien et tous les praticiens comme toi qui font les vaccins passent ensuite aussi à la caisse, alors arrête tes conneries ! » Mais je me suis contentée de lui répondre que je ne croyais pas aux experts, pas toujours objectifs, car trop intéressés par les laboratoires… Dans des termes très posés mais qu'il n'a pourtant pas appréciés du tout !

— J'imagine…

— Mais revenons à Nino… Là où c'est grave, c'est que cet enfoiré, il n'y a pas d'autres mots pour le qualifier, a tout de même pratiqué l'injection à laquelle je m'opposais et a noté sur le carnet de santé de Nino qu'il avait pratiqué le vaccin obligatoire incluant l'*haemophilus influenzae b* et une ou deux autres conneries qui lui rapportent du fric à lui et à son établissement dans lequel il a des intérêts… Et je ne m'en suis pas rendu compte sur-le-champ car je venais de le mettre en garde et je n'ai pas cru une seconde qu'il passerait outre…

Phil se tourna vers François, la façon de procéder avait été la même pour le fils de Ghislain Conleau… Tous les deux étaient effarés de constater combien Nathalie était remontée.

— Dans le mois qui a suivi, Nino, qui était resplendissant de santé, joyeux, dynamique, a commencé à perdre sa vitalité, s'est mis à boire beaucoup d'eau, et une nuit cata... Je t'en ai parlé... Il se retrouve dans le coma... aux urgences, réa et tout le reste et on ne comprend pas, on ne sait pas ce qui se passe ! Nous sommes donc en réa à Rennes, tout près de chez nous, et là le diagnostic tombe : « Diabète de type I ». Il n'y a aucun antécédent dans la famille ! Le sol s'ouvre sous nos pieds... Lorsqu'il va un peu mieux, j'appelle le médecin de mon père et la première question de celui-ci est : « Pouvez-vous me lire le carnet de santé de Nino rubrique vaccination, je suis sûr qu'on lui a fait le vaccin de l'hépatite B ! » C'est ce qu'il me dit d'emblée ! Je commence par lui répondre que je m'y suis opposée et je lui lis ce qui est écrit dans le carnet et lorsque je lui donne le nom du vaccin, il explose... Je vais te dispenser des propos et des mots à l'encontre de cet enfoiré de pédiatre et de tous les pourris comme lui ! Voilà où j'en suis... Nino va devoir porter une pompe à insuline toute sa vie et subir toutes les conséquences qui vont en découler... les contrôles permanents à faire nous-mêmes, la nounou qui doit être formée, sa remplaçante aussi, l'école plus tard car il n'a que deux ans... Folle, je suis folle depuis... Moi, ton gars, même si c'est un meurtrier et qu'il a fait autre chose en dehors de cette affaire, je l'embrasse !

— Mais tu ne peux pas attaquer ce pédiatre ?

— Tu rigoles ! Nous sommes dans le domaine de la pharmacodélinquance comme dirait le docteur Frachon... Laboratoires, experts, médecins et toute la clique qui passent à la caisse, au détriment de chacun d'entre nous, sont tous cul et chemise. Ils vont te répéter inlassablement que « rien n'a été prouvé contre la toxicité de ces vaccins ». Tu te doutes bien pourquoi la *class action* en France n'intègre pas la santé...

— Oui, je sais. Il n'y a que les produits de consommation et cela ne peut être mené par une personne physique, il faut être une association de consommateurs ou autre...

— Oui, c'est exact, de ce côté-là, on est largement en retard sur les États-Unis... et tant qu'on aura en France autant de députés qui ne viennent pratiquement pas siéger à l'Assemblée ou qui pointent présents par le biais d'un collègue en se contentant de passer les amendements que les lobbys leur donnent sans en changer une ligne... ce n'est pas près de changer! Je ne sais pas si tu regardes le JT de vingt heures avec David Pujadas, il y a l'émission *L'Œil du Vingt Heures* de la même qualité que celle d'Élise Lucet... Un soir elle était consacrée à ces fameux députés. Bien sûr ceux-ci ne veulent pas répondre aux journalistes qui tentent de les rencontrer mais lorsqu'ils sont surpris dans un couloir de l'Assemblée nationale, en caméra cachée, ils prétendent que tel amendement leur convenait et que c'est pour cela qu'ils l'ont signé! Pas tous bien sûr, mais dès qu'ils sont élus, ils ne sont là que pour passer à la caisse et toucher de petits compléments, les dits compléments étant plus élevés que ce que touche l'ouvrier à l'usine qui bosse dur huit heures par jour, bien entendu!

— C'est révoltant...

— Plus que ça... Depuis que je suis réellement confrontée aux conséquences et que j'ai commencé à mettre le nez dedans, j'ai envie de prendre une kalachnikov et de m'occuper de quelques pourris… Alors, aujourd'hui, avec des milliers de personnes dans le même cas que moi, nous luttons pour obtenir dans un premier temps que l'on formalise sur le carnet de santé la possibilité de refuser certains vaccins pour nos enfants, dans un second, que si le praticien passe outre, il soit rayé de l'ordre des médecins !

— Ouah… C'est énorme !

— Oui, mais rien que ça déjà et on en élimine un grand nombre. Pour mon fils c'est le diabète de type I, mais bien d'autres pathologies surviennent suite à ces vaccins, comme la sclérose en plaques, la myélite, le syndrome de Guillain Barré. C'est d'ailleurs cette dernière que mon père a contractée suite au vaccin contre l'hépatite B ; et je ne te parle pas de la SLA, sclérose latérale amyotrophique, qui est vraiment terrible et irréversible, et tellement d'autres encore… En France, le monde médical est bien ficelé, tu as vu l'émission d'Élise Lucet, *Cash Investigation*, sur les hôpitaux et les statines ?

— Oui, nous l'avons vue tous les deux et nous en avons discuté entre collègues le lendemain.

— Éloquent, non ? Et rien ne bouge, tout va très bien pour le gouvernement en place, et pour les députés qui votent les lois… Sauf que cela contribue à creuser le déficit de la sécu… Alors, que fait le gouvernement ? Il liste les médicaments que l'on peut éviter de rembourser à des milliers de malades qui en ont besoin… Qui, du coup, ne peuvent plus se les acheter ! Il met une taxe sur chaque ligne d'ordonnance pour faire payer tous les pauvres types… de telle sorte que cela puisse continuer à profiter à une poignée qui s'en met plein les poches... Et je pourrais t'en parler des heures et des heures avec tout ce que j'ai découvert depuis !

— Je suis scandalisé, mais tout ce que tu viens de dire est malheureusement vrai ! se contenta de répondre Phil, écœuré.

— Regarde le cas du Médiator... Il n'a réussi à sortir de l'ombre que par la force et l'obstination de la pneumologue brestoise Irène Frachon, mais rappelle-toi depuis combien de temps dure ce procès, la force d'influence des laboratoires et d'un en particulier et surveille ce qui va finalement se passer... Je te jure, c'est tout de même dégueulasse...

— Je suis abasourdi... Le système est tellement corrompu en France et cela avec le soutien, sans faille, de certains députés qui votent nos lois et vivent largement en se fichant pas mal de laisser crever un grand nombre de concitoyens qui ont voté pour eux en plus... s'exclama François qui n'en pouvait plus de se contenir.

— Un jour, mais je ne sais pas quand, on pourra je l'espère passer un peu de temps ensemble et je vous expliquerai encore bien plus de choses tout aussi scandaleuses, car là je ne fais que répondre à tes questions bien précises, liées aux vaccins ! rajouta Nathalie. Tout cela avec la bénédiction de certaines lois qui les protègent et pour cause, comme je viens de te l'expliquer, que le député soit de gauche ou de droite, tu vois comment cela se passe aux élections... Les députés s'entendent comme larrons en foire et il n'y a qu'en politique que l'on peut être largement payé sans se présenter au travail, c'est tout de même fou, non ? De plus, certains cumulent avec une profession ! En attendant, avec tout ça, nous sommes dans une véritable situation de crimes de masse…

— Mais quelle est la position des médecins en général et globalement sur la France ?

— C'est très clair, selon une étude de l'Inserm, un quart des généralistes[18] considèrent que les enfants sont vaccinés contre trop de maladies et ils s'interrogent sur l'utilité de certains ; et près de la moitié d'entre eux[19] sont « mal à l'aise » pour évoquer le sujet des adjuvants. Il faut tout de même savoir que pour répondre à la pétition d'un médecin, sept cent mille signatures avaient été recueillies contre ce fameux *Infanrix hexa*, c'est-à-dire celui que Nino a eu, donc six molécules en tout ! Il s'agit d'un de ces fameux vaccins combinés, qui contient de l'aluminium et du formaldéhyde, des adjuvants qui peuvent parfois causer de graves troubles neurologiques ou musculaires…[20] Tiens, en rentrant, jette un œil sur le carnet de santé de ta fille !

— J'y songeais. C'est exactement ce que j'avais l'intention de faire.

— Pour info, souviens-toi aussi de la suspension de politique de vaccination du ministère de la santé en 1998, contre l'hépatite B. Combien de temps encore, avant de l'inclure dans certaines vaccinations ! Depuis, reprise de la chaîne infernale constituée par laboratoire, lobby, députés cupides, médecins cupides, donc conciliants et bienveillants et qui dit cela, dit aussi argent… Beaucoup d'argent pour arroser le tout…

---

18. 26 % en réalité.

19. 43 % en réalité dans l'étude.

20. Source : article de M.L. paru dans Ouest-France *le 9 juillet 2015, auquel s'ajoutent les cas bien réels de l'auteur lui-même, et de son petit-fils.*

Car si on n'arrose pas les plantes, elles ne poussent pas. Et un jour, on oublie 1998 et bien sûr, on continue les dégâts comme si de rien n'était !

— C'est à ce point ?

— Bien sûr, et n'oublie jamais ce que je viens de te dire, sois attentif à ce qui se passe en France.

— Je suis scandalisé que l'on n'en parle pas plus, ça me sidère ! En fait, on sait qu'il y a un virage dangereux mais on continue à accélérer à toute vitesse, résultat, on va droit dans le mur en ce moment et les nouveaux cas, c'est tous les jours ! C'est complètement fou. Comme toujours, c'est un petit groupe qui ramasse du fric à la pelle tandis que des milliers, que dis-je, des millions d'individus payent de leur vie. Victimes innocentes de cette avidité du fric qui engendre des conséquences financières lourdes pour la sécu !

— Oui, un diabète de type I, c'est pour toute la vie… Mais il faut savoir aussi que des dizaines de vaccins ont récemment été retirés du marché français, des doutes ayant été émis sur leurs conditions de fabrication en Asie ! Parce que, évidemment, pour gagner encore un peu plus d'argent, tu le sais bien, la politique du « toujours plus et du jamais assez », on va les fabriquer en Asie, tout en se fichant de la manière dont ils sont conçus ainsi que des risques sanitaires encourus… L'important pour eux n'est pas là, pas plus que de donner du travail à des salariés français, mais seulement de voir comment ils peuvent ramasser encore plus.

— Ahurissant ! Je te remercie, je pense avoir tout noté et tout compris, du moins pour cette infime partie de l'iceberg !

— Oui, et là, tu ne vois pas la partie immergée. Je pense que ce serait la révolution si tous nos concitoyens savaient, et ce n'est pas « un » meurtre isolé comme celui du docteur Le Vincin qu'il y aurait… Et sachez qu'ils sont inattaquables, grâce à leur environnement protecteur.

— Incroyable !

— Pour en revenir à votre meurtrier qui a avoué, il ne faut pas le condamner, mais au contraire lui donner une médaille, des milliers de personnes voudraient bien en faire autant, mais ne passeront jamais à l'acte… Arrangez-vous pour lui trouver des circonstances atténuantes, tout au moins pour ce cas précis ! Pour le reste de votre affaire, à vous de voir.

— D'accord, nous allons voir… Mais ce ne sera pas si simple, car à côté, d'autres problèmes graves se sont greffés… Drogue, argent, un second meurtre aussi… Merci encore et à plus…

Phil raccrocha. Ils gardèrent le silence quelques secondes, sous le choc. Ils en discutèrent quelques instants et déjà Phil savait qu'il allait s'empresser de vérifier le carnet de santé de Clémence. Mais comment pouvait-on accepter une telle escroquerie organisée ? François, quant à lui, allait se renseigner pour savoir comment faire pour vérifier la présence d'un certain député à l'Assemblée et les amendements qu'il avait acceptés de la part des lobbys sans en modifier une ligne et sans même les lire vraisemblablement…

Ils rassemblèrent leurs affaires et, sans un mot, pensifs, regagnèrent le bureau du patron.

XVII

Mardi 22 septembre. Soir.

Ils retrouvèrent le patron qui raccrochait son téléphone. Il leur indiqua d'abord que le procureur avait bien accordé la prolongation de garde à vue de vingt-quatre heures. Mais, en les voyant entrer avec leur tête d'enterrement, sans doute aggravée par la fatigue, il leur demanda :

— Qu'est-ce qui vous arrive ? Y a un problème ?

Phil expliqua dans le détail la déposition de Ghislain Conleau et poursuivit sur les révélations de leur collègue confrontée au même problème, sans citer de nom car il se devait de respecter son engagement d'anonymat. Le patron sembla fortement troublé à son tour et s'apprêtait à commenter cette situation quand, à cet instant, Joël Le Traon arriva avec son collègue. Phil en fut quitte pour se répéter.

— Et vous, de votre côté, qu'est-ce que ça donne ? lui demanda Phil.

— Blocage complet, il ne lâche rien, répondit Joël, visiblement contrarié.

— Mais tout de même... L'argent liquide, la drogue, le transport bidon d'une voiture qui ne sert que de prétexte, les Bordelais...

— Nous nous sommes essentiellement axés sur ces points mais, selon lui, tous deux ne sont qu'une courroie de transmission et, pour sa part, il ne voulait pas que Ghislain bute le toubib... Voilà, c'est tout, autant dire que dalle ! Il ne veut rien dire, nous a même laissé entendre qu'il ignorait les véritables motivations qui ont poussé Ghislain à le descendre !

— Vous n'avez pas d'autre solution que de remonter au créneau, en prétendant, chacun de votre côté que l'autre a tout balancé ! intervint alors le patron.

Ils définirent alors une stratégie dans ce sens et ainsi, peut-être, arriveraient-ils à débloquer la situation car il restait encore énormément de points à éclaircir, le temps de la garde à vue filait. Les deux prévenus le savaient pertinemment.

— Calez-vous d'abord avec Bordeaux, car ils ont peut-être avancé plus que nous, vu qu'ils ont commencé leurs interrogatoires avant nous, rajouta le patron.

— Vous avez raison, proposa Phil, nous allons tous les quatre en salle de réunion, pour le cas où l'on chercherait à nous joindre.

— D'accord, allez-y, se contenta d'approuver le patron qui resta pensif lors de leur départ.

*

Quelques minutes plus tard, Phil était en communication avec le capitaine directeur de l'enquête de Bordeaux.

— Qu'est-ce que ça donne de votre côté ? demanda Phil.

— C'est assez énorme, et j'allais justement vous appeler ! Le grand patron de toute cette affaire se trouve, semble-t-il, à Bordeaux et aurait pignon sur rue ! Mais sachez que le dépanneur-remorqueur de voitures de Bordeaux ainsi que celui de Bretagne ne sont que des intermédiaires dans une vaste organisation de trafic de drogue et de blanchiment de capitaux sur Paris, Bordeaux et sans doute aussi d'autres grandes villes. Suite à la perquisition chez notre garagiste de Bordeaux arrêté avec votre gars à La Bastide, il y a certainement eu des fuites et les gros bonnets ont tous disparu de la circulation. Ceux qui sont situés en haut de la pyramide ont toujours des fusibles ! Et ce sont leurs gars qui ont les mains dans le cambouis de leur garage qui prennent tous les risques.

— C'est à ce point ? Mais comment procèdent-ils ?

— Pour l'instant, selon nos investigations, il y aurait au moins deux filières… L'une vient d'Afrique du Nord et remonte à Bordeaux, siège de l'organisation. Nous avons réussi à arrêter et à faire parler presque tous les maillons de cette chaîne depuis l'organisateur jusqu'aux convoyeurs, mais aucun dirigeant, bien entendu. Par contre, nous n'avons rien pu tirer au clair en ce qui concerne l'autre filière de la drogue qui vient depuis chez vous. Nous savons juste qu'elle arrive également ici par le biais du camion avec la voiture accidentée qui avait bien fait l'objet d'un certificat de destruction chez vous en Bretagne. C'est d'ailleurs le même principe qui est utilisé pour le chemin d'Afrique du Nord, remontée de l'Espagne, arrêt à Saint-Sébastien pour transfert vers notre gars de Bordeaux, qui ramène le tout ici. Officiellement les voitures accidentées utilisées n'existent plus, mais elles leur servent de prétexte pour le transport et ils utilisent de faux papiers à chaque fois : cela se déroule comme pour chez vous, sauf que l'un va aller de Bordeaux à Saint-Sébastien et l'autre jeu de faux papiers servira pour le retour à Bordeaux. Ainsi tout est fractionné et celui qui gère et coordonne tous les voyages, c'est le garagiste de Bordeaux. Astucieux. Pas voyant. Ils se fondent dans le paysage sans attirer l'attention ni faire l'objet du moindre contrôle.

— Depuis combien de temps le système existe-t-il ?

— Cinq ans pour l'Afrique du Nord et, un peu plus de deux ans chez vous. Nous savions qu'il y avait un trafic de drogue mais ce n'est pas de ce côté qu'on cherchait, car leur système est tellement bien verrouillé et imperméable entre les différentes strates que nous ne les avons jamais suspectés. Selon leur principe, chaque maillon de la chaîne ne connaît que celui qui est au-dessus de lui et juste en dessous, impossible d'aller au-delà, ils ont mis un système de coupe-feu partout ! Alors, on tournait dans une cité de Bègles où il y avait des arrivages de drogue et on pensait qu'ils venaient de Paris alors qu'en réalité le gros arrivait ici pour être dispatché et dirigé sur Paris et quelques grandes villes ! Nous avions tout faux ! C'est incroyable que rien n'ait filtré jusque-là.

— Et c'est important ?

— Plutôt ! Quelques millions d'euros par an transitaient par Bordeaux. Nous venons de mettre la brigade financière sur le coup pour tenter de voir si certains acteurs sont dans le capital de quelques sociétés commerciales ou de SCI[21], parce que l'un des moyens de se constituer un patrimoine immobilier est de racheter des entreprises et, de ce côté, la ville de Bordeaux, qui s'est complètement transformée, offre des perspectives considérables, au point que c'est l'une des villes préférées des Français ainsi que de nombreux étrangers aisés vivant en France. D'ailleurs, si vous vous baladez dans certains quartiers et prenez un peu de hauteur depuis le quai des Chartrons jusqu'à Bordeaux Lac, si vous connaissez…

— Oui, je vois très bien.

— Eh bien, vous pouvez y découvrir une forêt de grues, ça construit à tout-va. Nous allons donc rechercher dans le capital de toutes ces sociétés de construction et de promotion immobilière. Elles sont généralement très prisées par ce genre d'individus, si toutefois certains des gars que nous avons arrêtés n'y sont pas mêlés, bien dissimulés par des personnes morales écran. C'est un marché florissant ici et l'un des secteurs où, en mettant des billes, on peut s'acheter une image bien propre et avoir pignon sur rue rapidement et assez facilement…

— De notre côté à présent. Si nous avons bien compris, nous devons rechercher le pourvoyeur de drogue, puisque nous avons le convoyeur qui part de Douarnenez après un approvisionnement d'un endroit inconnu pour se rendre à Bordeaux…

---

21. *sociétés civiles immobilières.*

— C'est bien ça, mais il n'est pas sûr que vous puissiez remonter très haut dans votre propre filière… Je vous balance nos procès-verbaux et nous attendons les vôtres pour les confronter par la suite et voir de quelle manière aller un peu plus loin, mais ce n'est pas gagné ! Vous en êtes où, de votre côté ?

— À la case départ, car nous venons seulement de résoudre un meurtre avoué par le conducteur du camion arrêté à Bordeaux, mais ce meurtre est semble-t-il sans rapport avec l'affaire de drogue !

— Ah bon ? Vous en êtes sûrs ?

Phil lui raconta brièvement ce qu'ils avaient obtenu et qui se situait à des années-lumière de leur filière de stupéfiants.

— En effet, c'est sidérant et je ne vois pas non plus le rapport.

— Il nous faudra sans doute dissocier les affaires et isoler le meurtre que nous venons de résoudre pour reprendre sous votre angle d'approche.

— Oui, très certainement. Car je n'imagine pas que ce pédiatre puisse être impliqué dans la filière de narcotrafiquants, vous devez laisser cette piste de côté pour l'instant et mettre toute la pression pour faire le raccord avec nous, ici, et notre filière. À partir de là, si vous obtenez quelque chose, cela viendra compléter la nôtre.

— Compris, comptez sur nous…

*

Joël Le Traon et son collègue restèrent encore à échanger sur la suite à donner en fonction des informations juste recueillies et se rendirent dans leur bureau pour continuer l'interrogatoire de Serge Le Pénity.

Phil et François reprirent leur place face à Ghislain Conleau. Ce dernier semblait toujours abattu suite à ses révélations certainement très douloureuses pour lui.

— Nous venons de discuter longuement de votre situation avec le procureur, qui reconnaît que votre cas mérite une certaine clémence. Mais alors que nous valorisions les circonstances atténuantes en votre faveur, nos collègues sont intervenus avec les déclarations de Serge Le Pénity. Celles-ci sont de caractère à vous faire porter toute la responsabilité d'une autre affaire, plus sale celle-là : drogue, argent liquide, lien avec Bordeaux… et sa déposition nous met mal à l'aise pour pouvoir continuer à vous défendre. Il va falloir nous donner votre vérité, car nous sommes persuadés que votre version des faits sera légèrement différente de la sienne et de nature à nous permettre de vous aider dans toute cette affaire… et ainsi à diminuer la peine encourue pour que vous retrouviez le plus tôt possible votre épouse et votre enfant. Sachant qu'il sera facile ensuite de jouer sur les remises de peine et de vous obtenir de nombreuses permissions de sortie, eu égard à votre situation familiale. Cela représente un gros poids dans la balance de la justice, mais tout dépend uniquement de vous… Nous serions surpris et surtout déçus si vous n'alliez pas dans ce sens. Je vous le rappelle… pas pour nous, mais pour votre famille, votre enfant…

Nouveau long silence dans la pièce. Ghislain Conleau semblait avoir compris l'importance des propos de François et qu'il était de son propre intérêt d'aller dans ce sens.

*

De son côté, Joël Le Traon venait d'argumenter auprès de Serge Le Pénity sur le fait que Ghislain avait tout balancé pour bénéficier de circonstances atténuantes, et qu'il l'avait largement chargé au passage ; ainsi, son salarié pouvait s'en sortir avec une peine légère tandis que lui allait prendre plein pot aux assises.

— Je trouverais cela dommage dans votre cas, car je suis persuadé que vous êtes honnête et humain, votre comportement à l'égard de votre fille le prouve. Vous lui manquez déjà et elle va avoir terriblement besoin de vous dans les mois qui viennent ; votre femme et son compagnon d'infortune ne semblent pas à même de gérer son éducation. Le fait de tout nous dire serait de nature à limiter les conséquences pénales, car nous ne pouvons pas croire que vous ayez tué le dealer que nous avons retrouvé dans la benne à ordures sur le port de Douarnenez, est-ce que je me trompe ?

Il secoua négativement la tête. Joël Le Traon espérait tenir le bon bout et ne devait plus le lâcher. De son côté, Serge Le Pénity devait encore réfléchir avant de se confier. Comment faire pour minimiser sa participation dans toute cette affaire ?

Joël revint plusieurs fois à la charge. Il monta en pression, se leva de son siège pour tourner autour de Le Pénity pour en arriver presque à le harceler, mettant toujours en balance que s'il ne parlait pas, il écoperait du maximum et là, tant pis pour sa fille qu'il ne verrait plus… Que pourtant il ne tenait qu'à lui d'en atténuer encore les conséquences, que ce n'était pas trop tard, mais que ça allait le devenir s'il s'obstinait.

Joël Le Traon reprit sa place, garda le silence, scruta longuement Serge Le Pénity puis se prononça :

— C'est maintenant, sinon je boucle… direction la mise en examen puis la prison et il vous appartiendra de voir avec la justice mais celle-ci ne sera pas tendre étant donné votre comportement lors de cet interrogatoire… Alors ? C'est votre dernière chance. Bon… il ne sera pas dit que je n'aurai pas tout tenté.

Joël commença à ramasser ses papiers éparpillés devant lui sur son bureau. Au prix d'un énorme effort, l'âme en peine, Serge Le Pénity réagit :

— Attendez… Je vais tout vous dire. Je n'ai tué personne.

— Il faut vous expliquer et vous devez tout nous raconter tout de suite car sinon, vous partez en prison pour meurtre…

— Je ne sais pas par quoi commencer.

— L'arme d'abord ! D'où vient-elle, qui se l'est procurée ? Ne dites pas n'importe quoi car nous connaissons bien son origine.

— C'est Ghislain qui l'a achetée auprès de ses amis bordelais.

— Bien, c'est déjà mieux, car nous savons pertinemment qu'elle fait partie d'un lot d'armes qui, à l'origine, a été volé au détriment du commissariat de police de Bordeaux. Donc… il achète le pistolet et les chargeurs remplis de cartouches qui vont avec, j'imagine ?

— Oui.

— Quel usage comptait-il en faire en l'achetant ?

— Il me disait toujours que c'était pour se protéger... Il a fait de la prison et d'anciens détenus pouvaient avoir de mauvaises idées...

— Lesquelles ?

— Je ne sais pas mais il voulait en disposer au cas où.

— Nous avons obtenu ses aveux pour ce qui est du meurtre du docteur Le Vincin. Mais il affirme que le meurtrier de Jean-Pierre Kermerrien, c'est vous. Alors, pourquoi l'avez-vous exécuté pour le jeter ensuite dans la benne à ordures sur le port ?

— D'abord, ce n'est pas moi qui l'ai tué... Si vous voulez mon avis, je pense qu'il doit s'agir d'un règlement de compte entre anciens détenus... comme je vous le disais tout à l'heure pour expliquer le fait qu'il détenait une arme...

— Votre réponse me gêne, car je vous répète que Conleau prétend que c'est vous qui avez froidement exécuté Kermerrien et que lui n'a fait que vous aider à le porter de la voiture à la benne...

— Non, c'est faux ! C'est lui le coupable, lui seul !

— Et vous l'avez bien aidé à le porter ?

Il se referma sur lui-même. Sans doute devait-il encore réfléchir pour arranger les faits de telle manière qu'il ne soit pas inquiété... Trouver des arguments à tout prix, une réponse qui tendrait à le disculper.

— Attendez... je vous explique, car il faut être clair. Vous savez que c'est son arme... celle qui lui a servi à tuer le docteur Le Vincin, vous l'avez prouvé et il vous l'a avoué... et par conséquent, c'est aussi lui, de la même manière, qui a tué Jean-Pierre Kermerrien, ce n'est pas sorcier à comprendre, donc, vous avez votre réponse, pour le reste c'est vous qui êtes de la police...

— Oui, c'est vrai, ça se tient... Mais vous l'avez aidé ? Vous ne nous avez pas répondu tout à l'heure...

— Non, et ce n'est pas mon affaire, voyez avec lui.

— Bon, d'accord. Mais il y a aussi cette drogue découverte dans la voiture volée et dans laquelle se trouvait l'ami de Jean-Pierre Kermerrien, vous savez, Marc Kérivel, le chauffeur qui s'est tué au volant dans un accident à Quimper.

— Vous m'apprenez qu'il y avait une affaire de drogue là-dessous, je l'ignorais. Moi, la drogue je n'y toucherai jamais, trop risqué et trop dangereux... Ma vie c'est ma fille et mon boulot, tout le reste, ce n'est pas mon truc, croyez-moi, et mon casier vierge est bien là pour le prouver. Tout ce que Ghislain a pu faire, c'est dans mon dos, je me doutais bien qu'il magouillait, mais comme d'un autre côté c'est un bosseur, je le laissais faire et je lui faisais confiance. Car lorsque j'avais besoin de lui, il était toujours là.

— Soit. Il n'en demeure pas moins qu'il se livrait à des transports illégaux qui ne pouvaient se faire à votre insu, nous sommes bien d'accord ?

— C'est vrai...

Cette réflexion le gêna terriblement, il reprit son souffle et argumenta aussitôt :

— C'est ce que je viens de vous dire, je ne pouvais ignorer qu'il manigançait certaines combines, mais je l'ai laissé faire pour lui rendre service. L'important pour moi, c'était qu'il était toujours là pour travailler, qu'il ne comptait pas ses heures, qu'il m'était aussi utile pour ne pas dire indispensable par la qualité de son travail et son assiduité.

— Soit, nous l'acceptons. Nous avons cependant découvert une importante somme d'argent en liquide à votre domicile, vous ne pouvez pas prétendre que vous l'ignoriez !

— C'est vrai, mais je travaille très dur depuis des années et je fais des économies. Comme je ne fais plus trop confiance aux banques, je préfère les mettre de côté car vous savez sans doute qu'un divorce me pend au nez et qu'il faudra que j'indemnise mon épouse pour lui rembourser sa part, répondit-il un tantinet perfide.

Il parut subitement soulagé d'avoir trouvé de quoi répondre et se détendit, au point qu'il rajouta avec un demi-sourire :

— Vous voyez, finalement, toute cette affaire est très simple en ce qui me concerne. Maintenant j'aimerais bien être libéré assez vite car j'ai une boîte à faire tourner, moi.

Joël Le Traon se trouva quelque peu déstabilisé par l'assurance de Serge Le Pénity. À première vue, sa version était plausible même si de nombreux points restaient dans l'ombre. Il fallait à nouveau confronter ce procès-verbal avec celui que François et Phil établiraient de leur côté.

*

Dans le même temps, François s'énervait avec Ghislain pour tenter d'obtenir sa version des faits :

— Arrêtez de nous prendre pour des idiots. Selon la balistique, l'arme que vous avez utilisée contre le docteur Le Vincin est aussi celle qui a servi à supprimer Jean-Pierre Kermerrien.

— Peut-être, mais elle appartenait à Serge qui l'avait achetée auprès de ses amis de Bordeaux.

— Qui sont aussi vos amis, il me semble, non ?

— Non, je ne fais qu'obéir aux consignes qu'il me donne, c'est tout !

— Ce qui veut donc dire que tout était agencé et organisé par Serge Le Pénity, c'est bien ça ?

— Oui, c'est lui le patron... Il m'a remis le pistolet et m'a dit de prendre toutes mes précautions pour qu'il ne reste aucune empreinte sur les lieux du meurtre... Ce qu'il en avait fait avant, je n'en sais absolument rien !

— Donc, selon vous, votre patron aurait utilisé cette même arme pour assassiner Jean-Pierre Kermerrien ?

— Oui, et en dehors du compte que j'avais à régler personnellement, je ne suis qu'un chauffeur de camion au service de mon patron et rien d'autre !

Ghislain Conleau ne revenait pas sur ses déclarations, François pouvait le reprendre sous n'importe quel angle, il n'en démordait pas et réfutait toute responsabilité qui n'incombait, selon lui, qu'à son patron. Après quelques heures, une nouvelle pause fut décrétée.

*

Les quatre OPJ se retrouvèrent alors au bureau du patron. La confrontation des procès-verbaux montrait évidemment que les deux versions s'opposaient. Qui avait raison ? Qui avait tué Kermerrien ?

Joël Le Traon, d'un ton péremptoire, scandait sa vision des choses. Il était convaincu par celle de Serge Le Pénity, conforté par l'absence de casier judiciaire et une sincérité apparente. Phil, François et le patron abondèrent rapidement dans ce sens également. Serge Le Pénity n'avait pas de passé, contrairement à Ghislain Conleau, et ce dernier avait bien le profil parfait du meurtrier réglant ses comptes avec Jean-Pierre Kermerrien vraisemblablement pour une affaire de drogue, au vu du lot découvert dans la voiture accidentée à Quimper. Rapidement, ils conclurent que Serge Le Pénity était bien l'exploitant chef d'entreprise, mais que le patron, en termes de trafic, était Ghislain Conleau. Ils allaient devoir dénouer le vrai du faux pour arriver à comprendre ce qui se passait à Douarnenez… D'où venait la drogue, par qui et comment elle transitait, pour ensuite arriver à Bordeaux…

À ce stade, le sort de Ghislain Conleau était réglé et celui de Serge Le Pénity semblait se clarifier. Il serait sans doute libéré au terme de la garde à vue… sauf éléments nouveaux…

XVIII

Mercredi 23 septembre. Matin.

La nuit avait été difficile. Serge Le Pénity campait sur ses positions et Ghislain Conleau confirmait les siennes, toujours en totale opposition. Qui croire ?

L'ensemble des OPJ était partagé... Son casier judiciaire nuisait indéniablement à Conleau tandis que la version de Serge Le Pénity paraissait crédible. Il fallait à tout prix faire parler Conleau.

Vers huit heures, le capitaine directeur de l'enquête sur Bordeaux appela alors qu'ils se trouvaient encore tous dans le bureau du patron :

— Nous avons mis le paquet, refait les perquisitions et nous avons enfin avancé. Nous avons du nouveau qui va certainement vous intéresser.

Les OPJ et le patron écoutaient attentivement.

— Nous avons découvert chez le dépanneur et remorqueur de Bordeaux, dans une cache bien dissimulée, un téléphone portable enregistré à un faux nom qui n'a servi qu'aux relations avec votre gars, Serge Le Pénity. Ce dernier possède donc le même, tout aussi bien planqué sans doute. Voici son numéro d'appel, vous devrez utiliser la géolocalisation pour le retrouver.

— D'accord, c'est noté, nous allons reprendre les perquisitions.

— La filière qui vient d'Afrique du Nord est à présent bien contrôlée et parfaitement connue de nos services, en liaison avec nos collègues espagnols. Très important, nous avons enfin découvert où partait l'argent pour « la machine à laver qui lave plus blanc que blanc ».

— Alors ? demanda le patron, impatient.

— Prenez des notes, ce n'est pas triste, mais a priori inattaquable ! Le commanditaire de cette organisation est un représentant, bien en vue, d'une entreprise de promotion immobilière sur Bordeaux et d'une tout aussi digne entreprise générale du bâtiment. Cette personne, compte tenu de sa notoriété et de son image de chef d'entreprise, est en pleine réussite et se permet de donner des leçons aux autres ! Il emploie de nombreux salariés, est aussi un grand sponsor dans le monde du sport et de la culture et bien sûr, fort de son implication dans la ville, envisageait de briguer un poste en politique régionale, puis visait la députation plus tard, le sénat ou que sais-je encore ?

— Je ne comprends pas, comment une telle personne aussi en vue a-t-elle pu se mouiller dans un trafic pareil ?

— N'inversons pas l'ordre des choses… Parce que c'est le trafic qui lui a apporté sa notoriété. Je vous explique. Il y a sept ou huit ans, en pleine crise de l'immobilier, ce type achète à Toulouse une entreprise générale du bâtiment qui allait droit au dépôt de bilan. Il garde tous les salariés, poursuit l'activité et sauve la boîte qui se développe… Miracle !

— C'est donc tout de même un bon dans ce cas, alors !

— Attendez ! Comment s'y prend-il ? Il dispose de fonds importants grâce à des liquidités acquises par ses trafics de drogue. Il contacte des sous-traitants, leur propose un marché qui consiste à traiter, quasiment à perte, les travaux qu'ils devront exécuter pour son compte, afin que sa propre entreprise soit compétitive pour répondre à des appels d'offres et décroche les marchés face à la concurrence…

— Ce sont les sous-traitants qui sont naïfs ou inconscients alors ?

— Non, pas du tout, car vous allez comprendre ! En contrepartie, il leur donne de la main à la main, en liquide, des fonds occultes qu'il ne peut sortir au grand jour, de quoi permettre à ces sous-traitants de faire de copieux bénéfices pour leurs travaux en réalité, traités quasiment à perte officiellement. Le chef de l'entreprise générale du bâtiment obtient donc des marchés face à ses concurrents qui ne comprennent pas comment il peut faire pour traiter aussi bas, et certains déposent même le bilan, tandis que lui rafle tous les marchés et au bout de deux ans, il voit son entreprise générale à flot. Au minimum elle commence à gagner de l'argent parce qu'il ne retire presque rien ! Les sous-traitants aussi sont satisfaits et ne s'en plaignent pas, il y en a même un qui a acheté un 4x4 Porsche Cayenne ! On ne se refuse rien… Les bénéfices ne sont pas déclarés! L'argent est ainsi blanchi au fur et à mesure désormais, et lui devient progressivement un notable…

— Ahurissant! Et tout cela avec de l'argent sale!

— Évidemment. Mais ce n'est pas tout! Il y a trois ans, rebelote, il achète une entreprise générale du bâtiment en difficulté sur Bordeaux ainsi que la société d'un promoteur immobilier également en difficulté. Les sous-traitants suivent, et pour cause, pour une fois ils gagnent du fric et se portent bien, tout comme lui… au rythme du versement de l'argent de la drogue qu'il fait rentrer dans le circuit par le biais de ses sous-traitants. Voilà comment on devient un homme d'affaires aguerri, connu et reconnu et bien sûr, prêt à entrer en politique et dans les grands clubs sportifs, car depuis l'an passé, ses entreprises sont devenues des sponsors reconnus dans le monde du sport sur Bordeaux, c'est devenu un PDG très courtisé qui peut même se payer les services d'une société de communication pour soigner l'image qu'on va lui fabriquer! Bien entendu, celle d'un homme qui aime la compétition et qui gagne et de ce fait, est adulé et d'aucuns lui prédisent déjà un bel avenir politique au vu de sa capacité à gérer un business et à le développer! L'envers de la médaille, vous l'avez compris, c'est qu'il casse le marché, il fait tomber des sociétés saines et balance des ouvriers au chômage, victimes directes des injections frauduleuses d'argent sale sur le marché…

— Ça me fait penser à quelqu'un! ricana le patron.

Tout le monde s'accorda un moment d'hilarité de quelques secondes.

— Je peux même vous dire à plusieurs ! répondit le capitaine. Il vient encore de racheter une entreprise de travaux publics qui fait les routes ! À l'affût du marché, il sait que l'État verse de moins en moins de subventions aux collectivités qui n'ont pas d'autre solution que de limiter leurs dépenses dans les travaux publics notamment. Nul besoin d'être devin pour comprendre, il suffit d'écouter les informations à la radio ou à la télévision. Sans doute allait-il, une fois de plus, mettre en place son redoutable système et jeter son dévolu sur d'autres entreprises de même activité… avec lesquelles il aurait obligatoirement gagné de l'argent et ainsi encore renforcé sa notoriété ! Par contre, nous ne savons pas encore exactement le nombre de sociétés ni le nom de toutes les SCI qui ont été mises en place un peu partout, cela va nous demander un lourd et long travail de recherche et de croisement des infos. Mais on sait d'ores et déjà que son histoire va s'achever là… On vient de l'arrêter à l'aéroport de Roissy Charles de Gaulle, il s'apprêtait à se rendre au Venezuela… pour ne pas revenir de sitôt sans doute.

— Mais c'est une histoire de dingue ! s'exclama Yann Le Godarec.

— Oui, mais classique tout de même, il y en a combien ainsi que l'on ne soupçonne même pas ! Et pourtant, si l'on creusait un peu…

— Nous sommes scotchés ! Et notre affaire dans tout ça ?

— Oui, voilà, pour en revenir à votre gars, Serge Le Pénity, c'est lui le patron de la filière Bretagne et c'est lui-même qui traite pour réceptionner la drogue qui viendrait par la mer depuis l'Amérique du Sud, mais nous n'en savons pas plus. Par contre, si vous mettez la main sur son fameux téléphone portable confidentiel et privé entre Douarnenez et Bordeaux, vous allez pouvoir connaître son interlocuteur, car tout est cloisonné… Et c'est ainsi que vous découvrirez l'autre maillon de la chaîne qui vous révèlera comment il prend en charge cette drogue. Toujours le principe de passer d'une case à une autre…

— C'est de la folie, quand on voit tous ces capitaux qui viennent de certains pays et qui, eux, servent à investir à tout-va à Paris ou ailleurs, je ne comprends toujours pas pourquoi on ferme autant les yeux sur toutes ces magouilles et comment on les accueille même à bras ouverts…

— C'est très simple, parce qu'ils arrosent aux bons endroits et après, ça roule tout seul…

— C'est révoltant ! Il est évident que ceux qui devraient prendre à bras-le-corps ces contrôles ne le font pas, parce qu'à leur tour ils en profitent ! Il faudrait mettre en place suffisamment d'associations neutres et non corrompues qui seraient chargées exclusivement de dénicher toutes ces dérives ! s'insurgea Phil.

— Oui. Certains médias ont déjà commencé à nous alerter, mais il appartient à la société civile de prendre en charge tous ces systèmes de contrôle et d'y mettre un terme !

— C'est sûr !

— Il est indéniable qu'en ce moment, un peu partout en France, on ressent un mal-être fait d'incertitude sur l'avenir voire même sur le présent, et sur ce manque de prise vis-à-vis de ce qui se passe à nos dépens mais qui profite à une poignée… Pensez donc à tous ces politiciens qui parlent à la télévision des problèmes de façon théorique et qui du haut de leur tribune nous font de belles propositions et des promesses quand ils savent pertinemment qu'ils ne les tiendront pas vu qu'ils ne cherchent même pas à le faire. Une seule chose compte par-dessus tout, garder ou gagner le poste convoité afin d'avoir tous les revenus qui vont avec et le pouvoir pour en obtenir encore plus. Une fois qu'ils sont élus, ce n'est même plus leur problème! Si bien que personne ne les écoute plus, ils ne sont plus crédibles, qui qu'ils soient! Cette injustice latente, vécue par le peuple, ne va pas créer de belles choses si on n'y remédie pas, et il est plus que temps de le faire. Hélas on n'en prend guère le chemin! souffla le capitaine de police de Bordeaux.

Ce fut la conclusion de l'entretien. Les quatre OPJ et le patron restèrent muets quelques instants.

À Quimper, il fallait à présent se secouer, demander les autorisations au procureur, ou au juge d'instruction, pour, une nouvelle fois, aller perquisitionner à Douarnenez en y mettant cette fois les moyens, par le biais de la police technique et scientifique; pendant ce temps, Phil lançait, depuis le numéro d'appel, la géolocalisation du téléphone de Serge Le Pénity. Ce dernier ne s'en servait que pour échanger avec son confrère de Bordeaux et sans doute, au-dessus de lui, avec quelqu'un sur Douarnenez.

Mais déjà, à leurs yeux, Serge Le Pénity ne semblait plus être l'enfant de chœur auquel ils pensaient avoir affaire jusque-là. Un temps, ils l'avaient soupçonné d'être manipulé et au service de Ghislain Conleau, mais ils allaient devoir changer de direction et de comportement à son égard. « Tout le monde peut se tromper », se dirent-ils.

La gendarmerie de Douarnenez avait également été informée et sollicitée dans cette intervention et se rendait déjà au domicile de Serge Le Pénity où elle attendrait l'arrivée des OPJ et des techniciens.

*

Deux heures après, tout le monde était à pied d'œuvre chez Le Pénity, sous son regard tendu ainsi que celui de Conleau, tous deux menottés, visiblement inquiets. La géolocalisation du téléphone portable indiquait bien la maison de Le Pénity. Une équipe fouillait le rez-de-chaussée occupé par le propriétaire tandis qu'une autre s'activait au sous-sol dans le logement prêté à Conleau.

C'est dans le meuble situé entre les éléments hauts et bas d'une cuisine encastrée, que la fameuse cachette fut enfin découverte. Ce placard avait été confectionné et rajouté de telle façon qu'il offrait un double-fond que le commun des mortels ne pouvait remarquer tellement il était bien dissimulé. Il contenait un téléphone portable, aucune arme mais par contre un chargeur complet, sans doute destiné au pistolet découvert chez le docteur Le Vincin, une centaine de milliers d'euros en petites coupures usagées de cinquante et vingt euros ainsi que quelques indications sur un carnet et sur différents feuillets qu'il faudrait décrypter. Cette fois, Serge Le Pénity aurait à s'expliquer. Dans le double-fond d'un placard penderie, ils mirent la main sur des vêtements noirs, une tenue complète apparemment avec une paire de gants et des chaussures de type rangers souples, qu'ils emportèrent pour analyse.

Le propriétaire de la maison réalisait que le vent venait de tourner pour lui, son assurance naturelle avait définitivement disparu. Il leur restait encore le garage à perquisitionner. Pendant ce temps, un policier filait sur Quimper avec le téléphone et la tenue vestimentaire de Serge Le Pénity qui ressemblait fort à celle des membres du GIGN ou de malfrats organisés pour une attaque ; l'exploitation de ces nouvelles données allait sûrement leur livrer des informations intéressantes.

*

La perquisition du garage permit également de découvrir une cache astucieuse qui contenait plusieurs jeux de papiers de voitures et de plaques minéralogiques correspondantes. Le système était visiblement efficace et bien rodé. Un autre véhicule très accidenté se trouvait au fond du bâtiment, sans doute un deuxième leurre, puisque l'autre était resté à Bordeaux. Il faudrait vérifier son origine en se référant aux plaques du moteur. Si celui-ci ne présentait pas d'intérêt à première vue, il s'avérait être leur outil, le moyen pour circuler sans attirer l'attention. Qui pouvait se soucier du transport d'une telle épave visiblement hors d'usage ?

Le temps de la garde à vue passait inexorablement et déjà il fallait envisager une prolongation exceptionnelle allant jusque soixante-douze heures auprès du juge d'instruction, comme le permettait la procédure dans des cas extrêmes qu'il fallait dûment justifier. À défaut de juge d'instruction, s'il était indisponible ou momentanément injoignable, le patron verrait avec le juge des libertés et de la détention pour obtenir cette décision.

Tout le monde reprit la route de Quimper.

*

Près de trois heures plus tard, après la pause déjeuner imposée par le code de procédure de garde à vue, chacun se retrouvait face à son suspect pour un nouvel interrogatoire.

Au même moment, le décryptage de la carte SIM du téléphone portable saisi chez Serge Le Pénity faisait apparaître, outre le numéro du confrère bordelais, celui d'une personne dont la géolocalisation situait l'appareil chez un loueur de bateaux à Tréboul…

La gendarmerie de Douarnenez fut informée de cette nouvelle cible et sollicitée pour intervenir mais elle fut très surprise.

Ce loueur de bateaux honorablement connu sur Tréboul s'appelait Jacques Vesperen. Il était à la tête d'une entreprise qui avait très bonne réputation et pignon sur rue, il sponsorisait aussi de nombreuses associations, milieu dans lequel il était particulièrement apprécié. Il pratiquait la plongée en eau profonde et avait eu l'occasion, à différentes reprises, de prêter son concours à des opérations ponctuelles qui nécessitaient l'intervention d'un homme comme lui dans le port et surtout dans la baie de Douarnenez. Sa mise en garde à vue, les perquisitions à son domicile et sur son lieu de travail, voire sur ses bateaux, allaient, à coup sûr, faire grand bruit en ville.

— À moins qu'il ne soit pas personnellement impliqué mais qu'il s'agisse d'un de ses gars, un peu comme

Serge Le Pénity et son salarié au casier judiciaire, commenta le patron au commandant de gendarmerie.

— Peut-être, pourquoi pas ? On vous attend à la gendarmerie pour y aller ensemble.

— D'accord, je vais mettre du monde sur le coup, car il va falloir fouiller très précisément. J'imagine qu'ici aussi il y aura des caches pour planquer ce qui nous intéresse !

Le patron organisa le départ avec les gars de la police technique et scientifique et fit appel au commissariat de Concarneau pour obtenir l'aide d'une équipe supplémentaire qui les rejoindrait à Tréboul, à l'adresse indiquée.

*

De son côté, Joël Le Traon interrogeait Serge Le Pénity, mais n'avançait guère. L'homme, à nouveau sûr de lui, sans doute après avoir réfléchi durant le voyage à Douarnenez, campait durement sur ses positions, reportant toujours toute la responsabilité sur Ghislain Conleau en prétextant que c'était pour lui rendre service, s'appuyant pour cela sur le meurtre du docteur Le Vincin. Pour Joël Le Traon, ce n'était pas impossible, car ce type restait toujours raisonné, humain, voire charismatique.

*

François ne soutirait rien de plus à Ghislain Conleau qui continuait à certifier qu'il ignorait tout du meurtre de Jean-Pierre Kermerrien et de la filière réelle d'arrivée de la drogue. Toute l'affaire reposait sur les épaules de son patron, Serge Le Pénity, et il jurait ses grands dieux qu'il n'avait pas repris contact avec ses anciens amis de prison pour écouler de la drogue sur la région parisienne. Il reconnaissait que ses transports étaient parfaitement illégaux et servaient de leurre pour acheminer la drogue et ramener de l'argent et qu'il percevait bien une commission au passage pour cette activité. Mais il n'était qu'un maillon du rouage, un exécutant. Cependant, avec son passé, comparé à celui de son patron, François et Phil le considéraient toujours comme la cheville ouvrière de cette organisation sur l'ouest, d'autant plus qu'il ne niait pas le meurtre du docteur Le Vincin. Son profil le desservait immanquablement.

*

Quelques heures plus tard, le patron et le procureur s'apprêtaient à rentrer de Tréboul. Jacques Vesperen venait d'être mis en garde à vue. Cette fois les choses se précisaient.

L'homme avait l'allure d'un quadra beau gosse, « lisse et propre » comme certains pouvaient le dire, avec une carrure de rugbyman. Son entreprise employait trois salariés et une jeune secrétaire comptable de premier niveau. Il n'avait pas de casier judiciaire ni le moindre antécédent avec la justice.

Jacques Vesperen était marié, son épouse n'exerçait aucune activité, ils avaient deux enfants d'une dizaine d'années et un train de vie très confortable, témoins sa luxueuse résidence et sa grosse voiture allemande. Intelligent, énergique et inspirant confiance. Énervant, en somme, pour les policiers.

Dès leur arrivée, il s'était insurgé contre leur intrusion, mais très rapidement s'était tu, dès les premières découvertes des hommes : téléphone portable dans une cache de son bureau, liasses de billets du même acabit que chez Le Pénity, pistolet différent des SIG Pro 2022, chargeurs pleins, dont il devrait justifier la provenance en l'absence d'autorisation de port d'arme. Puis, dans un coin penderie particulièrement inaccessible à première vue, dans son spacieux bureau, une tenue ressemblant à celle de Le Pénity.

Jacques Vesperen avait compris que la police était informée et ne menait pas cette perquisition approfondie par hasard. Il savait, dès lors, qu'il aurait à répondre à de nombreuses questions et demanda aussitôt à être assisté de son avocat. Selon la loi du 14 avril 2011, les OPJ devaient attendre deux heures au maximum avant de démarrer l'interrogatoire afin de permettre l'arrivée de son avocat puis la tenue de l'entretien dit « confidentiel » de trente minutes qu'il aurait avec le gardé à vue. Personne ne voulait commettre la moindre irrégularité pour éviter tout risque de vice de forme. Le procureur et le patron avaient mis les OPJ en garde car ils savaient qu'ils allaient avoir affaire à une personne informée et certainement très procédurière qui disposait de moyens conséquents pour faire face à la police et sans doute plus tard à la justice.

Yann Le Godarec avait longuement observé Jacques Vesperen et avait décelé en lui, sous une apparence d'homme solide, une certaine forme de fragilité dès qu'il s'était senti en difficulté… Faiblesse qu'il faudrait utiliser. Le patron n'ignorait pas que tout individu avait son talon d'Achille, encore fallait-il le découvrir et ce n'était pas toujours chose facile.

XIX

Mercredi 23 septembre. Fin d'après-midi.

Peu de temps après leur retour de Tréboul, un nouveau point réunissait le procureur, le patron et tous les OPJ en charge de cette affaire.

Les traits de Phil et de François étaient de plus en plus tirés, la fatigue se faisait réellement sentir, mais ils devaient tenir malgré ce manque de sommeil. Ils avalèrent à la hâte quelques cafés avant de rejoindre les collègues.

Au moment où ils s'installaient autour de la grande table de la salle de réunion, des nouvelles tombèrent. Une analyse du tissu de la manche droite d'un vêtement et du gant droit saisis chez Serge Le Pénity démontrait des traces de poudre pouvant correspondre à un tir effectué avec le pistolet SIG Pro 2022. Cette fois, le vent venait de tourner en sa défaveur, il aurait à s'expliquer sur ces résultats. Ordre était donné par le procureur et le patron de serrer au maximum cet individu, qui s'était montré jusque-là fort habile pour déjouer tous les pièges et qui pouvait s'avérer être le cerveau de l'organisation située à l'ouest.

Ils récapitulèrent sur des tableaux à feuilles tous les éléments en leur possession et définirent la stratégie que tous les OPJ devaient mettre en place pour mener les interrogatoires.

Le Pénity serait particulièrement mis à l'épreuve. La version de Conleau lui serait opposée ainsi que la relation qu'il entretenait avec Bordeaux et Vesperen, dans laquelle il devenait le noyau central… Il n'y avait, en effet, aucun lien établi entre Bordeaux et Vesperen. Pouvait-il être le centre névralgique ou du moins le point de passage incontournable pour cette organisation ? Restait à lui soutirer le comment et le pourquoi de toute cette affaire.

Les interrogatoires pouvaient reprendre, celui de Jacques Vesperen commencer. Ils quittèrent le cénacle au même moment.

*

Joël Le Traon et son collègue se retrouvèrent une nouvelle fois face à Serge Le Pénity. Ils furent rejoints par le procureur et François quelques minutes avant de redémarrer, afin de clarifier la situation dans laquelle l'homme se trouvait. Celui-ci marqua le coup. Fini pour lui de jouer au fanfaron. Le procureur et François s'éclipsèrent pour rejoindre Phil qui attendait en compagnie de Ghislain Conleau. Même mise au point afin de mettre chacun devant ses responsabilités.

Ils terminèrent par Jacques Vesperen et les deux OPJ de Concarneau, exceptionnellement appelés en renfort. Malgré son apparence physique et les signes extérieurs de richesse qui pouvaient lui donner l'air d'être au-dessus des autres, ce dernier semblait le plus fragile des trois.

François revint auprès de Phil tandis que le procureur se rendait chez le patron.

*

Face à Ghislain Conleau, François engagea l'interrogatoire :

— Je ne vous cache pas, et vous l'avez compris par la visite du procureur, que pour vous, c'est l'entretien de la dernière chance. Au terme de celui-ci, ce sera la justice qui vous prendra en charge, car vous serez déféré au parquet, inutile de vous préciser toute l'importance que vont prendre vos réponses pour la suite des événements. Nous avons fait le tour de l'affaire du docteur Le Vincin, sauf si vous avez quelque chose à ajouter ?

— Non.

— Connaissez-vous Jacques Vesperen ?

— De vue seulement, quand Serge me demandait de me rendre chez lui pour un transport lors de mises à l'eau ou au sec, mais c'était juste du travail relevant de nos compétences car nous sommes équipés de plateaux spécifiques.

— Quelles sont les relations entre Serge Le Pénity et Jacques Vesperen ?

— Ils sont amis, mais je ne les vois jamais ensemble et je ne sais pas s'ils se retrouvent l'un chez l'autre, que ce soit à titre privé ou professionnel. Je ne vois jamais monsieur Vesperen venir au garage ou à la maison, mais je sais que c'est quelqu'un de très bien.

— Revenons à Jean-Pierre Kermerrien. Que pouvez-vous nous dire de plus à son sujet ? Serge Le Pénity prétend que c'est vous le meurtrier.

— C'est faux ! Je ne sais pas ce qui s'est passé, mais à ce moment-là, Serge était fou de rage, très excité, car quelque chose dont j'ignorais l'origine s'était mal passé. Il m'avait donc demandé d'assurer tout le travail de permanence, il avait une affaire à régler et ne serait pas disponible. Je ne suis pas du tout rentré chez moi et je n'ai pas compté mes heures car sa demande était un service que je lui rendais, il semblait tellement inquiet. Puis j'ai appris par la presse ce qui était arrivé à Jean-Pierre Kermerrien. Je n'ai pas vraiment fait de rapprochement car je ne voyais pas en quoi cela pouvait concerner Serge et je n'imaginais pas de lien entre eux, je pensais qu'ils ne se connaissaient pas.

— Puis, après, il y a eu l'affaire du docteur…

— Oui, j'en ai parlé à Serge qui m'a proposé immédiatement de me prêter un pistolet avec un chargeur. Il m'a conseillé de bien le nettoyer avant de m'en servir, afin d'enlever toute empreinte, et de le disposer sur les lieux en les quittant, afin de faire croire à un suicide. Il m'a répété que je m'apprêtais à commettre une grosse bêtise mais qu'il faisait ça pour me rendre service puisque je l'avais aussi aidé quelques jours plus tôt. J'ai apprécié son aide et je ne me suis pas posé de question. J'ai effectué ce que j'ai cru bon de faire car ce type, pour se procurer plus de fric, n'a pas hésité à faire de mon fils un handicapé à vie...

Une nouvelle fois, Ghislain avait des trémolos dans la voix et les larmes aux yeux. Cette affaire personnelle le peinait véritablement. Pas le meurtre par lui-même, mais il pensait visiblement à son fils et à son épouse.

— Nous comprenons.

— Je sais que je n'aurais pas dû, mais c'est fait ! Et je peux regarder mon fils en face et ma femme aussi. Je vous jure que tout ceci n'est que la pure vérité... Par contre, je n'y suis pour rien pour Kermerrien que je ne connais même pas. Pour tout le reste, je faisais tout ce que Serge me demandait, point final. Sans me poser de questions certes, mais il me payait largement et je voulais mettre de l'argent de côté pour mon fils, je vous le jure, croyez-moi...

Phil et François étaient à nouveau attristés par ses paroles et bouleversés par son attitude criante de vérité et sa sensibilité à fleur de peau.

*

Les deux OPJ du commissariat de Concarneau avaient pris en main Jacques Vesperen et la pression exercée était telle qu'elle allait payer sans tarder. Ils revenaient à la charge avec leurs inlassables questions... Vesperen perdit pied progressivement et lâcha prise, puis entra dans l'acceptation et le renoncement malgré la présence de son avocat qui ne pouvait qu'écouter, impuissant, les réponses de son client avec lequel il s'était pourtant entretenu avant l'interrogatoire. Les questions pleuvaient :

— Connaissez-vous Ghislain Conleau ?

— Pas vraiment, je le croisais juste lorsque Serge lui demandait de venir me voir pour effectuer divers transports ?

— Lesquels ?

— Serge est équipé de plateaux spécifiques conçus pour transporter les bateaux et il confiait ce travail à son salarié.

— C'est tout ?

— Oui.

— Connaissez-vous Jean-Pierre Kermerrien ?

— Jamais entendu parler !

— Même pas par la presse ? Alors qu'il a fait les gros titres lorsqu'il a été découvert dans une benne à ordures, assassiné... C'est embêtant car des témoins vous ont pourtant vu à proximité de cette benne en compagnie de Serge Le Pénity... À moins que ce soit Ghislain Conleau qui vous accompagnait !

— Archi-faux !

— Arrêtez de vous débiner et de nous prendre pour des imbéciles, nous avons des preuves ! Vous avez même été jusqu'à négliger de faire disparaître la poudre sur vos vêtements et sur vos gants... Étonnant pour quelqu'un d'intelligent comme vous ! Alors ?

Jacques Vesperen était sous le choc, incapable de répondre mais il venait de comprendre qu'il était mal engagé. Il regarda son avocat et lui fit un signe à peine perceptible de la tête qui semblait dire qu'il devait parler.

— C'est simple, vous récusez et on appelle le procureur puis vous êtes déféré au parquet et ensuite la justice vous colle perpète pour ce meurtre... Ou vous nous dites plutôt la vérité et votre peine sera beaucoup moins lourde... Tout dépendra bien entendu de l'identité avérée du meurtrier. N'est-ce pas, Maître ?

L'avocat approuva de la tête et répondit :

— Mon client n'est pas un assassin.

— Qu'il parle dans ce cas ! s'agaça l'OPJ.

— Ce n'est pas moi qui l'ai tué ! s'empressa-t-il de répondre.

— Expliquez-nous alors !

— Je suis le commanditaire de Serge. Je suis chargé de récupérer des colis qui sont jetés à la mer, à proximité du rail d'Ouessant, par des bateaux qui viennent de Colombie et d'Amérique du Sud et se dirigent vers l'Europe du Nord. Serge m'accompagne et me donne toutes les consignes : heures, lieu, positionnement et je dois me tenir prêt pour récupérer ceux-ci en suivant un peu le bateau, le temps d'établir la communication et de fixer précisément le largage, car le bateau ne change rien à sa route ni à sa vitesse. Ces colis sont équipés de bouées et d'une balise. Nous nous rendons sur les lieux. Dès que le lot est jeté par-dessus bord, j'enfile ma tenue de plongeur tandis que Serge tient la barre. Le colis flotte, il est très voyant avec une protection fluo. Dès que nous le repérons, nous allons au plus près. Je me jette à l'eau pour passer un filet et une élingue sous le paquet. Je remonte à bord et nous quittons le rail en tirant le filet derrière le bateau, car l'endroit est trop dangereux pour s'arrêter et le hisser à bord, ce que nous faisons tranquillement en dehors du rail. Ma société possède une vedette puissante que nous louons ponctuellement et dont je dispose le reste du temps. Puis nous ramenons le tout à Tréboul dans mon atelier. Nous dépouillons le paquet de son emballage qui lui permet de flotter et Serge le prend en charge. Ce n'est guère encombrant, quelques boîtes de plusieurs kilos chacune dans un plus grand colis… Et après, je ne sais pas…

— D'accord, mais Kermerrien dans tout ça ?

— Lors du dernier arrivage, nous venions de rentrer à Tréboul. Nous avions déballé le paquet et j'aidais Serge à ranger ce qu'il emportait. Nous en étions à la dernière boîte lorsque nous avons été braqués par deux individus, peu sûrs d'eux, apparemment pressés, car ils sont partis avec seulement cette boîte.

— Quel poids cette boîte ?

— Je dirais deux kilos environ…

Ce qui pouvait correspondre aux deux kilos de drogue découverts dans la voiture accidentée à Quimper.

— Continuez.

— Nous n'avons rien pu faire car nous n'étions pas armés. À ce moment-là, pour nous, l'opération était terminée.

— Saviez-vous alors de qui il s'agissait ?

— Non. Nous avons mené notre enquête et sommes remontés jusqu'à Marc Kérivel et Jean-Pierre Kermerrien. Par la suite, nous avons appris pour l'accident à Quimper et la mort de Marc Kérivel, mais Jean-Pierre Kermerrien courait toujours… En distribuant un peu d'argent du côté de Pouldavid et de Kermarron, il a été assez facile pour Serge de recueillir des informations dès que notre homme a réapparu.

— À qui a-t-il donné de l'argent ? Quelles personnes vous ont renseignés ?

— Aucune idée. Cela n'a pas tardé. Le mardi soir nous avons découvert l'endroit où il se trouvait et nous nous sommes arrangés pour l'intercepter car il se déplaçait la nuit. Nous l'avons hissé dans mon fourgon.

— Tous les deux ?

— Oui, il fallait le neutraliser en vitesse lorsqu'il se rendait chez la personne qui le cachait, l'agripper par la porte latérale et partir très vite.

— C'est vous qui conduisiez ?

— Oui.

— Qui le cachait ?

— Je ne sais ni le nom ni l'adresse de la personne, nous étions dans le quartier, dans la rue, au pied des immeubles et il faisait nuit.

— Et après ?

— Nous sommes revenus dans mon atelier où il n'y avait plus personne et nous l'avons interrogé.

— Était-il libre de ses mouvements ?

— Non, attaché. Serge lui avait lié les mains et les pieds dans le fourgon pendant le trajet sur Tréboul, et chez moi, nous l'avons fixé à un siège avec une bande adhésive large qui sert pour nos emballages de colis…

— Et que vous a-t-il dit ?

— Rien, que c'était Marc Kérivel qui connaissait tout, lui ne faisait que l'accompagner.

— Trop facile, car il n'ignorait pas que l'autre était entre la vie et la mort ou peut-être déjà mort…

— Nous ne le savions pas. Mais Serge était fou de rage car il disait qu'il aurait des comptes à rendre sur la disparition d'un colis…

— À qui ?

— Je n'en sais rien du tout, je vous jure que c'est vrai ! Mon travail consiste simplement à utiliser ma vedette et mes compétences afin d'assurer la récupération des colis au moment où le cargo passe et largue le paquet. J'ignore totalement ce qui se passe en amont et en aval de cette action. Je reçois juste, un peu plus tard, une somme d'argent pour cette prestation.

— Remise par qui ?

— Serge. En liquide et en petites coupures.

— Combien ?

— De l'ordre de quinze à vingt mille euros à chaque fois et ça s'arrête là. Le reste ne me regarde pas et ne m'intéresse pas. Je suis équipé pour le faire, c'est rentable et rapide et je ne veux rien savoir d'autre.

— Mais vous ne pouviez ignorer que c'était un trafic de drogue !

— Je m'en doutais, mais je n'en avais pas la preuve…

— Combien de voyages de ce genre faisiez-vous ?

— Un par mois en moyenne.

— Toute l'année ?

— Oui.

— Ça arrondissait drôlement vos fins de mois !

— Oui, mais mon affaire marche bien également. Il est vrai que cela m'a néanmoins beaucoup aidé à la développer depuis deux ans.

— Comment en êtes-vous arrivé là avec Serge Le Pénity ?

— Un soir que nous étions en train de discuter à mon bureau sur les contrats de transports de bateaux, après avoir tout de même descendu une bouteille de whisky, il m'a dit qu'il avait une combine pour se faire du fric et qu'il pensait m'en parler depuis quelque temps car j'étais l'homme de la situation. Bref, il lui fallait quelqu'un de suffisamment équipé pour récupérer des lots de marchandise en mer et ça payait bien. Je lui ai dit d'accord, qu'on pouvait toujours tester pour voir. Ce que nous avons fait et on s'est rendu compte que c'était assez facile finalement, alors on a continué…

— Donc, pour en revenir à Kermerrien…

— Ce n'est pas moi qui l'ai tué ! se défendit-il farouchement.

— Alors expliquez-nous comment cela s'est passé dans votre bureau.

— Vers minuit, une heure peut-être, Serge s'énervait de plus en plus contre Kermerrien et là il a sorti un pistolet et l'a menacé. L'autre était mort de trouille et hurlait qu'il ne savait rien et puis Serge a tiré. Mais il n'était pas paniqué, très calme au contraire et il m'a dit, on va le virer dans le port. Nous l'avons chargé à nouveau tous les deux dans mon fourgon qui se trouvait alors dans mon local, en y plaçant des cartons pour ne laisser aucune trace de sang et nous sommes partis vers le port. Je conduisais et, juste avant d'arriver, comme la courte ruelle qui mène au port était déserte, il m'a dit de me garer près de la benne à ordures qu'il venait de remarquer à cet instant. Nous avons ouvert la porte latérale du fourgon et l'avons mis dans la benne comme si nous jetions des ordures et sommes repartis. Je n'ai fait que l'aider, je ne l'ai pas tué, je n'aurais pas pu le faire car je voyais bien qu'il ne savait rien…

— Et pourquoi l'a-t-il fait selon vous ?

— C'est ce que je lui ai demandé. Il m'a répondu « Je suis obligé de rendre des comptes et de prouver qu'on s'est fait piquer un lot de marchandise, sinon, c'est à moi de payer, alors pas d'état d'âme ! ». Voilà, je ne lui ai plus posé de questions par la suite.

Jacques Vesperen signa son procès-verbal, apparemment soulagé d'avoir fourni sa version. Il fallait à présent la confronter à celle des autres…

La nuit s'était installée sur la ville et les lumières avaient pris la place de la clarté du jour lorsqu'ils se retrouvèrent dans le bureau du patron pour un nouveau point.

François et Phil exposèrent leur situation et chaque binôme fit de même. Tout semblait désormais assez cohérent et de nature à mettre en évidence le rôle central de Serge Le Pénity.

Ce dernier, par contre, n'avait encore rien lâché. Joël Le Traon et son collègue étaient dépités et désolés de cette absence de résultat, mais Serge Le Pénity s'accrochait toujours à sa version initiale qui avait de moins en moins de chance de tenir, car tout l'accablait. Jacques Vesperen, bluffé par la fausse information qui lui avait été divulguée, avait tout balancé.

Le patron ordonna de placer Ghislain Conleau et Jacques Vesperen en cellule de garde à vue, sans qu'ils puissent communiquer entre eux. L'interrogatoire se ferait désormais à quatre contre Serge Le Pénity. Il fallait exercer une pression extrême pour le faire craquer, s'exclama le patron…

Un échange avec le capitaine de police de Mériadeck confirma que le garagiste de Bordeaux avait tout lâché et désignait Serge Le Pénity comme étant le seul responsable de l'organisation sur la Bretagne. Il connaissait Ghislain Conleau mais pour lui, il n'était qu'un second couteau, prêt à prendre tous les risques pour le compte de Serge Le Pénity, son patron, qui, lui, s'efforçait de rester dans l'ombre tout en tirant les ficelles.

— Maintenant, allez-y les gars, dernière ligne droite… Et il faut qu'il crache au bassinet ! lança le patron.

Le bureau se vida. Phil et François reprirent rapidement un café. Il fallait en finir, car cette affaire commençait à leur peser. Devant la fenêtre, ils laissèrent leur regard s'évader quelques secondes vers l'extérieur.

Une lune mélancolique flottait dans le ciel étoilé comme un promeneur solitaire. De la voûte céleste se dégageait une atmosphère paisible… À l'opposé de ce qui attendait Serge Le Pénity quelques instants plus tard.

XX

Mercredi 23 septembre. Nuit.

Ils débarquèrent à quatre dans le bureau, chacun tenant ses dossiers sous le bras. L'interrogatoire serait mené par Joël, François et Phil, plutôt remontés et décidés à le faire craquer rapidement.

Serge Le Pénity leur offrit un visage affable mais un peu las. Ils savaient que selon les circonstances, il était capable d'afficher un œil tout à tour vif, pétillant, amusé… ou glacial.

L'OPJ lança le logiciel de garde à vue. François attaqua le premier :

— Avec le procureur, nous vous avons rendu visite dans la journée. Depuis, les choses se sont précisées et votre responsabilité est maintenant clairement établie. Alors, soit vous collaborez et vous bénéficiez de circonstances atténuantes, soit vous continuez à vous obstiner et à vous bloquer dans le déni et vous allez prendre le maximum incompressible. Dans le premier cas, vous pourrez continuer à avoir des contacts avec votre fille Karine, qui a besoin de vous et vous vénère au plus haut point… Sinon, n'y pensez plus. Ce que je vous dis est très important et j'espère que vous avez bien conscience de votre situation.

Une nouvelle fois, Serge Le Pénity venait d'en prendre plein la tête. Il pâlit d'abord, puis rougit. Le fait de voir autant d'OPJ face à lui le perturbait et lui faisait progressivement perdre ses moyens.

La litanie des questions reprit, ses objections étaient de moins en moins affirmées, il avait du mal à résister. François revint sur sa fille, son épouse et le compagnon de celle-ci, sa corde sensible. Le manège continua, soûlant, épuisant… Ils se levaient et s'asseyaient sans cesse dans une rotation étourdissante. Il devait répondre tantôt à un OPJ situé devant lui tantôt juste après, faire la même chose avec un autre derrière lui. Et cela dura inlassablement durant de longues heures.

Enfin, vers minuit, la fatigue, une certaine peur et une indicible amertume le firent craquer sans qu'il ne se départisse pour autant de sa morgue dédaigneuse. Il était temps. Phil et François, tout aussi harassés et sur les nerfs, avaient également bien du mal à tenir.

François proposa de reprendre calmement les faits dans leur chronologie.

— Expliquez-nous comment tout a commencé ?

— Il y a de nombreuses années, j'étais salarié et adjoint au chef d'entreprise d'une société de dépannage et de remorquage à Vannes. Je me suis rendu à la foire-exposition annuelle de la profession à Albi.

J'y ai croisé de nombreuses personnes et, en particulier, le garagiste de Bordeaux dans cette même spécialité de dépannage et de remorquage. Nous séjournions au même hôtel pour trois jours. Nous avons sympathisé, bien mangé et surtout beaucoup bu lors des soirées un peu festives.

— C'est-à-dire ?

— Qu'il ne se privait de rien et m'invitait en réglant tout. Le troisième soir, il m'a confié que c'était d'un gars comme moi qu'il avait besoin. Il m'a alors proposé de m'aider… Il fallait dans un premier temps que j'achète une entreprise du même type que la sienne dans un port en Bretagne : Brest, Douarnenez, Concarneau ou Lorient.

— Pourquoi ?

— Je vous le dirai tout à l'heure. Je lui ai d'abord rappelé que je n'avais pas d'argent. Il m'a répondu que ce n'était pas un problème, si je suivais, je n'étais pas près d'en manquer pour le restant de mes jours ! L'alcool de la soirée aidant, nous étions euphoriques, et il m'a dit : « On se sépare ici, tu cherches une boîte en Bretagne, n'importe laquelle même en difficulté, et on te la paye en la mettant à ton nom ! ». Vous comprendrez que je ne pouvais rester indifférent à une telle offre.

— Bien sûr, c'est normal, n'importe qui à votre place… suggéra François pour l'encourager.

— À Douarnenez, le type partait à la retraite et son affaire ne marchait pas fort, il voulait la vendre. Je l'ai étudiée de près. J'ai appelé Bordeaux et la transaction s'est faite très rapidement. Non seulement tout était payé, mais je pouvais en plus aider mes parents qui se trouvaient alors dans une situation inextricable entre maladie, alcool et besoin d'argent. J'étais donc prêt à faire tout ce qu'il voulait, c'était inespéré…

— Le diable n'est jamais un ami très sûr quand on pactise avec lui… Il y a toujours des contreparties redoutables !

— Oui, certainement, mais pour lors, ce n'était pas mon problème, et je me suis lancé dans l'aventure sans même hésiter une seule seconde.

— Vous n'aviez consulté personne d'autre ?

— J'en ai discuté un peu avec Ghislain qui m'avait évoqué son passé parfois difficile dans sa jeunesse : la drogue, la prison… Il m'a dit qu'il voulait bien être mon bras droit, qu'il y avait un coup à faire et que prendre des risques ne lui faisait pas peur ! Et c'est ainsi que c'est parti. Je suis venu m'installer à Douarnenez et l'ordre qu'on m'avait donné était de trouver rapidement et, à tout prix, quelqu'un qui possédait un ou plusieurs bateaux, voire qui faisait de la location de bateaux à moteur et qui pouvait se déplacer rapidement en mer… J'ai commencé à chercher à Douarnenez et aussi dans d'autres ports de Bretagne. C'est sur place que j'ai trouvé… Jacques. J'avais bien préparé ce que j'avais à lui proposer et, au cours d'une soirée très arrosée, nous avons fait affaire. Dès lors c'était parti. J'ai immédiatement touché beaucoup d'argent, j'ai délaissé ma femme qui m'a trompé par la suite et nous nous sommes séparés de corps. À partir de là, je ne pensais qu'à ma fille, Karine, que j'aurais voulu voir poursuivre ses études pour qu'elle ait une bonne situation… Mais mon épouse m'a cassé la baraque. Enfin…

Il soupira, sa peine était visible. Puis il poursuivit :

— Tout se passait bien, chacun avait son rôle bien défini à assumer. Notre système de téléphone portable établi sous de faux noms évitait les risques de se faire repérer.

— Mais il y a toujours un grain de sable qui vient s'immiscer dans le rouage !

— Ce fut le cas. Le jour où ces deux petits cons sont venus foutre leur merde ! Auparavant, lors d'un passage en Bretagne, le garagiste de Bordeaux m'avait donné un pistolet et des chargeurs, que j'avais gardés sous le coude discrètement, en me disant que ça pourrait servir un jour. Quand on s'est fait voler ce lot d'une livraison de drogue, le grand chef du réseau que je ne connais toujours pas m'a dit par l'intermédiaire de mon homologue garagiste de Bordeaux que je devais apporter la preuve du vol et, soit récupérer le colis, soit supprimer le voleur. Je ne sais pas comment il savait tout ça ni comment il pouvait être infiltré dans autant de domaines, y compris même dans celui de la police… Toujours est-il que, via le garagiste de Bordeaux, j'ai appris qui avait volé le colis à Douarnenez, faut le faire tout de même !

— Je ne suis pas étonné, au travers des informations que nous avons sur ceux qui vous contrôlaient et vous dirigeaient ! Continuez.

— Comme il m'était impossible de récupérer le colis, je n'avais pas d'autre choix que de retrouver les voleurs. J'ai su que l'un était mort dans l'accident de Quimper ; il me restait à trouver l'autre et à prouver que je l'avais bien supprimé, sinon, je devais payer la drogue de ma poche. Il fallait donc lui mettre la main dessus. Avec Jacques, nous nous sommes mis en chasse, car c'était chez lui qu'on s'était fait braquer. Nous l'avons kidnappé et c'est moi, effectivement, qui l'ai descendu !

Il venait de lâcher la situation comme s'il racontait une histoire qui ne le concernait pas ou celle d'un mauvais film de truands.

Il relata ensuite sa version sur la manière dont il s'était débarrassé du corps de Jean-Pierre Kermerrien. Elle était quasiment identique à celle donnée par Jacques Vesperen un peu plus tôt.

Le Pénity garda le silence quelques instants…

François le rappela à l'ordre :

— Et ensuite ?

— J'ai rendu compte à Bordeaux, tous les éléments de preuve à l'appui. Puis là-bas, on m'a demandé de me débarrasser de mon arme, de ne rien changer à mes habitudes et de me préparer néanmoins à répondre à toutes sortes de questions que la police était susceptible de me poser si toutefois elle devait tourner autour de moi. C'est donc ce que j'ai fait. Plus tard, je suis allé rencontrer mon homologue garagiste de Bordeaux sur un terrain neutre à Nantes, afin de discuter de la situation. Nous avons reparlé de toute notre organisation, mais sans plus, il me disait qu'il ne se sentait pas du tout inquiété.

— Quand êtes-vous rentré ?

— Le samedi assez tard dans la nuit. En arrivant, j'ai trouvé Ghislain complètement perturbé et dans un drôle d'état psychologique. Il m'a raconté dans le détail son souci pour son enfant, il ne m'en avait pas parlé plus que ça avant. Ceci m'avait beaucoup affecté d'ailleurs et je partageais sa peine. Je lui ai dit que la nuit portait conseil, que l'on verrait cela le lendemain. Mais dès qu'il a regagné le sous-sol où je le logeais ponctuellement, de ma cuisine, j'ai appelé Bordeaux par notre portable dédié et mon collègue m'a dit que c'était une belle opportunité à saisir. Il m'a expliqué comment encourager Ghislain Conleau à passer à l'acte et à ne pas oublier de laisser l'arme sur les lieux en s'assurant de supprimer les empreintes bien entendu ; ce serait un drôle de bazar pour la police de reconstituer le lien entre ces différentes affaires. Quoi qu'il en soit, je trouvais que c'était une très bonne fausse piste… J'étais convaincu, il me restait à en faire de même avec Ghislain.

— D'accord, c'est donc vous qui l'avez persuadé de supprimer le médecin.

— Non, je n'ai pas dit cela, je l'ai simplement aidé dans sa réflexion pour ce qu'il voulait faire et je lui ai permis de mettre son plan à exécution… vous savez la suite car c'est lui-même qui vous l'a dite.

— En lui donnant tout de même un pistolet et des munitions !

— Oui, celui qui avait servi pour Kermerrien. Je lui ai bien dit de prendre toutes ses dispositions pour ne laisser aucune trace et ne pas se faire remarquer. Il s'est donc rendu chez le toubib le dimanche pour faire le repérage.

— Le reste, nous connaissons… Revenons aux arrivées de drogue par bateau… Qui vous donne les consignes ?

Sans pitié, François poussait son avantage.

— Je n'ai affaire qu'à mon collègue de Bordeaux et lorsque nous arrivons sur zone en mer, c'est une personne du bateau qui m'appelle pour me demander si nous sommes prêts à récupérer le largage en nous donnant le positionnement et pour me préciser ce qu'il faut faire exactement et à quel moment précis.

— Quel est le nom du bateau ?

— Je l'ignore totalement ainsi que l'identité de la personne… Mon interlocuteur parle généralement bien le français.

— D'où vient cette drogue ?

— Aucune idée.

— Qui sont les dirigeants ?

— Toujours pas la moindre idée. Moi je dois la récupérer et je demande à Ghislain de l'acheminer à Bordeaux dans le local abandonné. Je reste en relation avec mon collègue de Bordeaux qui, lui, la prend en charge et nous donne à chacun la rémunération correspondant à notre prestation ; nous n'achetons pas la drogue et ne la revendons pas, nous la transportons. L'argent sert à payer le bateau pour Jacques et le camion pour moi et je donne aussi quelque chose à Ghislain pour son convoyage…

— Combien ?

— Quinze à vingt mille euros pour le bateau et vingt à trente mille euros pour moi. Le plus souvent, Ghislain revient avec cinquante mille euros sur lesquels je lui donne aussi sa part, soit quatre à cinq mille euros par trajet. Ne me demandez pas ensuite qui s'en charge à Bordeaux, je ne le sais pas, l'organisation est faite de telle manière que chacun doit jouer un rôle précis sans lien ni relation avec les autres, simplement au-dessus et au-dessous.

— Quelle quantité de drogue veniez-vous de récupérer lorsque vous avez été braqué dans le local de Jacques Vesperen ?

— Quarante kilos pour ce lot, vingt paquets de deux kilos de cocaïne pure. Et c'est un paquet de deux kilos qu'ils nous ont dérobé, sans même chercher ailleurs dans le bureau car ils ne voulaient pas trop traîner de peur que l'un de nous les désarme et qu'ils se retrouvent en difficulté. À deux, ils nous bloquaient.

— Eh bien, il y en a pour du fric ! s'exclama François.

— Je n'en sais rien, moi je transporte, point final ! Que ce soit de la cocaïne, de l'héroïne ou je ne sais quoi d'autre, ce n'est pas mon problème, je suis prestataire, mais pas trafiquant ni dealer ni quoi que ce soit de plus dans leur chaîne…

— C'est ce que nous sommes en train de vérifier auprès de nos collègues de Bordeaux.

— Vous pouvez, vous ne trouverez rien de plus en ce qui me concerne.

Ils recoupèrent les informations recueillies auprès des deux autres. Serge confirma le transport mensuel tout au long de l'année et cela depuis deux ans. À moins qu'ils se soient calés avec une précision remarquable, les récits des trois suspects s'encastraient bien les uns dans les autres… Cette fois pour nos deux OPJ la boucle était bouclée. Joël Le Traon conclut l'interrogatoire et son collègue fit signer les procès-verbaux correspondants.

Phil et François regagnèrent leur bureau, puis ramassèrent leurs affaires. Ils avaient vraiment besoin de dormir un peu… Dans quelques heures, ils devraient remettre leurs procès-verbaux afin de déférer le trio. Il appartiendrait ensuite à la justice de prendre le relais…

Soudain, Phil réagit :

— Zut, notre promesse à Nathalie !

— Oui, je vais chercher Conleau dans sa cellule…

François disparut puis réapparut un peu plus tard avec Ghislain Conleau, engourdi et mal réveillé.

— Que se passe-t-il ? leur demanda-t-il.

Il le fit asseoir, toujours menotté, et tous deux se mirent côte à côte en face de lui. Phil prit la parole :

— Ce qui va se passer ici, maintenant, n'aura jamais eu lieu… Il n'y a pas d'ordinateur ouvert ni de système d'écoute…

Ghislain prit visiblement peur.

Phil le rassura :

— Ne vous inquiétez pas, ce qui va se passer, c'est pour votre bien. Une très bonne collègue se trouve dans la même situation que vous avec son enfant, pour une pathologie différente certes, mais vraisemblablement due aux mêmes raisons. Elle nous a demandé de vous aider avant de vous livrer à la justice. En ce qui nous concerne l'affaire est entièrement bouclée… Vous, Jacques Vesperen et Serge Le Pénity serez déférés demain matin au parquet. Mais désormais, vous allez penser à votre épouse et à votre enfant et limiter les conséquences de vos actes… Vous allez répéter inlassablement, crier même que vous ne vouliez pas tuer le docteur, seulement lui faire peur…

— Mais ce n'est pas vrai, je voulais le tuer !

Phil et François étaient stupéfaits devant la naïveté de Ghislain.

— Oui, nous ne doutons pas de votre sincérité, mais ce n'est pas ce que vous allez devoir expliquer, vous comprenez? Nous essayons de vous défendre au mieux pour cette partie de votre dossier, pour votre bien…

— Oui, d'accord.

Il poussa un soupir et dodelina de la tête, il commençait à réaliser le sens de leur démarche.

— D'ailleurs, cette arme, vous ne la connaissiez pas, puisque c'est bien Serge Le Pénity qui vous l'a donnée et il a tout fait pour vous influencer pour aller lui faire peur et, dans un mauvais réflexe, le coup est parti, c'était un accident…

Il restait songeur et venait seulement de bien comprendre ce que voulaient lui apporter les deux OPJ.

— Vous expliquerez bien au juge les gros problèmes de santé que rencontre votre enfant, que le médecin n'a pas respecté le refus affiché de votre épouse que le vaccin soit injecté et qu'il est passé outre en utilisant un subterfuge… Cet aspect est très important, car on peut penser que dans l'avenir la situation risque d'évoluer…

— C'est vrai? demanda-t-il avec un enthousiasme naissant.

— Oui, un mouvement est en marche, mais la route sera encore longue et semée d'embûches, car les laboratoires vont se rebiffer; les médecins, les députés influencés par les lobbys et j'en passe…

— Les députés?

— Oui, enfin un certain nombre seulement, mais ce serait trop long de tout vous expliquer.

— Ah bon…

— Ce que vous devez juste savoir et qui est important pour vous, c'est que vous affirmerez haut et fort que vous vouliez juste lui faire peur pour lui faire admettre sa faute et c'est tout… Le coup est parti accidentellement, vous le regrettez vivement, amèrement même et vous n'avez jamais souhaité une telle issue…

Il releva la tête qu'il secoua dans un signe de dénégation. François affirma aussitôt :

— SI ! Vous le regrettez vivement ! Vous ne vouliez surtout pas ça et votre patron n'aurait jamais dû vous prêter cette arme ! Et vous revenez inlassablement sur le fait que votre épouse est seule à s'occuper de votre enfant handicapé, qu'elle a besoin de vous… que c'était un accident, que vous ne maîtrisez absolument pas la manipulation des armes, etc. etc. Vous avez bien compris ?

— Oui. C'est bon, j'ai pigé.

Il hocha la tête pour approuver.

— Pour le reste, vous étiez sous l'influence de votre patron qui vous obligeait à effectuer ces transports dont vous ne vouliez pas. Cela vous désolait et vous rendait malade à chaque fois, vous aviez terriblement peur, mais vous aviez besoin de cet argent, vous ne pouviez donc pas faire autrement. Puis vous revenez à nouveau sur le cas de votre enfant, de votre épouse, etc. Il faut émouvoir votre interlocuteur, le toucher et c'est la réalité !

— Pas tout à fait !

— On s'en fiche, c'est comme ça que vous allez la jouer, d'accord ?

— D'accord… mais vous me sidérez ! Si je m'attendais à me faire aider par des policiers qui m'ont arrêté en flagrant délit ! Et mon casier ? Il va jouer contre moi ?

— Tout ce que nous venons de vous dire n'a jamais existé, rappelez-vous ! Pour ce qui est de votre casier, vous avez prouvé pendant des années, en créant une famille et en travaillant dur, que vous vouliez vous en sortir ; et là, vous êtes effondré car tout est à refaire, vous êtes vraiment désolé, vous ne vouliez pas ça et puis vous en rajoutez. Vous verrez tout cela avec votre avocat, celui-ci saura vous défendre et vous aider dans ce sens, seulement dans la mesure où vous jouerez la sincérité, du moins apparente… Sans le conseil d'un bon avocat, on peut facilement lâcher une parole malheureuse, même lorsqu'on est innocent… alors ça doit prendre encore plus de force et de sens dans votre cas !

— Je vais le faire…

— Nous avons tous nos exutoires, justifiés ou pas.

Une lueur amusée passa dans les yeux de François.

Ghislain Conleau resta songeur devant les OPJ, ses yeux dans le vague se troublèrent, sans doute pensait-il à son fils et à sa femme.

— Oui, je réalise la chance que vous venez de me donner et je vous… dit-il.

Il y avait une pointe d'amertume dans sa voix. Il ne termina pas sa phrase. Puis il esquissa une sorte de sourire empreint de mélancolie. Il se mit alors à pleurer à chaudes larmes et resta un long moment le visage enfoui dans ses mains. Lorsqu'il releva la tête, son expression était calme et déterminée. Phil et François étaient enfin rassurés. Il avait bien compris cette fois. Quant à eux, ils avaient respecté l'engagement donné à Nathalie. Ils s'apprêtaient à le raccompagner en cellule, mais avant de sortir du bureau, il se tourna vers eux.

— Je veux vous serrer la main et vous remercier sincèrement, du fond du cœur… Pour mon petit…

Ils le regardèrent avec mansuétude et lui répondirent que c'était une promesse qu'ils se devaient de tenir. Ils se serrèrent la main et Ghislain Conleau, une nouvelle fois, craqua. Ils attendirent plusieurs minutes, le temps qu'il se ressaisisse, et le ramenèrent en cellule de garde à vue. Ses yeux étaient rouges et gonflés. À cet instant, un mélange d'émotion, de tristesse, de soulagement et d'excitation aussi, se lisait sur son visage.

— Je crois qu'il a bien compris, jubila Phil lorsqu'ils se retrouvèrent tous les deux.

— La solitude future de son incarcération, prodrome de l'ennui, conduira au processus de mise en place de ce que nous venons de lui suggérer, répondit François, chez qui le sentiment de révolte intérieure avait un effet stimulant.

Et ils rentrèrent se coucher. Il était deux heures et demie. Dehors, la lune flirtait avec des nuages mouvants. Ils devaient revenir à nouveau vers huit heures…

Épilogue

Comme tous les matins, une fois le café pris en commun, Phil et François retournèrent à leur bureau. L'économiseur d'écran de leurs ordinateurs respectifs faisait apparaître puis disparaître, de façon hypnotique, des images aléatoires : pour Phil, sa famille en alternance avec quelques vieilles voitures de collection ; pour François, son bateau, la mer et de beaux voiliers de course au large…

Jamais ils n'avaient vécu une telle affaire, aussi riche en rebondissements, troublante aussi, voire émouvante par certains côtés. Mais tous deux étaient très heureux du devoir accompli… À Bordeaux, les têtes tombaient et les filières en partance d'Aquitaine vers le reste de la France en prenaient un sérieux coup.

Étonnant qu'un simple accident de voiture à Quimper puisse déclencher un meurtre à Douarnenez, puis un second, pour remonter à Bordeaux et décimer deux filières d'une organisation de narcotrafiquants…

Les paroles de *L'effet papillon* de Bénabar, que Phil venait d'entendre à la radio sur le chemin du commissariat, lui revenaient sans cesse comme une ritournelle.

Finalement l'activité espagnole sur Douarnenez n'était en aucun cas concernée, comme l'avait toujours pensé le directeur du port de pêche de Douarnenez.

Ghislain Conleau, Serge Le Pénity et Jacques Vesperen avaient tous trois été incarcérés. D'après les premiers échos du juge d'instruction, Ghislain Conleau se défendait bec et ongles, selon la ligne de conduite préconisée par Phil et François lors de leur entretien en garde à vue et semblait pouvoir tirer son épingle du jeu pour minimiser sa peine le moment venu. Phil et François en étaient assez fiers, et ils savaient qu'en cas de bonne conduite, il pourrait prétendre à bénéficier de permissions et de réduction de peine et ainsi revenir plus vite auprès de son épouse et de son enfant.

Les médias s'étaient emparés de la polémique sur les vaccins et Nathalie se battait comme un beau diable avec des personnes concernées comme elle pour faire valoir ses revendications. Notamment celles de donner libre choix aux parents d'accepter ou de refuser certains vaccins pour leurs enfants, tel que celui de l'hépatite B, de la gastro et autres molécules en le notifiant dans le carnet de santé même de leur enfant… D'autant que leur intérêt n'était pas reconnu mais les conséquences en étaient plus que probables. Nathalie et ses amis rappelaient haut et fort qu'en aucun cas il ne s'agissait de s'opposer aux vaccins pour les supprimer purement et simplement, bien entendu, mais seulement de laisser les parents décider pour certains d'entre eux…

Phil et François en avaient touché un mot à Nathalie confidentiellement. Elle partageait une partie de son temps libre avec des personnes confrontées au même souci qu'elle. Elles s'acharnaient sur les moyens à mettre en place pour obtenir que le livret de santé de l'enfant porte une mention particulière ou un feuillet réservé précisant « *Tel vaccin fait ou refusé avec l'accord parental* » et signé par la mère et le père ou l'un des deux, ainsi que par le médecin qui devra préciser par écrit ce choix. C'était aussi simple que cela, mais déjà un premier pas vers une plus grande conformité des relations entre patient et médecin. Il fallait ensuite obtenir que le médecin qui passait outre encoure sa radiation immédiate de l'ordre des médecins. Mais ce point restait encore à travailler car les lobbys des laboratoires montaient au créneau.

Sur d'autres plans, l'association en cours de constitution aurait aussi à se pencher sur le cas de ces spécialistes composant certains jurys qui devaient statuer sur la qualité et les bienfaits de tel ou tel médicament, dans le cadre de l'ANSM[22], pour s'assurer qu'ils ne percevaient aucune rémunération ou quoi que ce soit de tel ou tel laboratoire, que ceci était la condition *sine qua non* pour y siéger… Là, ça grinçait de toutes parts et les lobbys faisaient feu de tout bois pour dénoncer le caractère infondé et irresponsable d'une telle démarche… Ce qui était encore plus symptomatique de ces conflits d'intérêts permanents. Dans le même temps, ces mêmes

22. *Agence Nationale de Sécurité du Médicament et des produits de santé.*

lobbys faisaient savoir et certifiaient, par le biais des médias, que désormais les vaccins ne présentaient plus le moindre effet de toxicité. L'argent devait couler à flots pour les bénéficiaires de telles mesures, loin de la réalité sincère et véritable que pouvaient attendre les patients concernés.

Inutile de préciser que la guerre serait longue et difficile pour Nathalie et les milliers de personnes, qui, comme elle et autour d'elle, s'unissaient pour tenter d'accréditer la *class action* en France dans le domaine de la santé.

Mais pour cela il fallait légiférer et, bien entendu, les lobbys étaient au rendez-vous, comme des crocodiles qui nagent aux aguets, dans le même marigot… largement rémunérés par tous les laboratoires et le système pharmacologique en France. Cette bataille allait s'avérer laborieuse car nul doute que nombre de députés ou de sénateurs seraient plus sensibles à l'argent des lobbys qu'au souci de permettre à la *class action* de se mettre en place en France dans le domaine de la santé.

Aussi, dans le même temps, tout un ensemble de personnes se regroupait en une association dont l'activité essentielle consisterait à relever les taux de présence – cela se faisait déjà – et d'absentéisme des députés à l'Assemblée nationale, ainsi qu'au Parlement européen. Ceci, afin de détecter ceux qui adoptent les amendements établis par les lobbys sans même modifier la moindre ligne, pour le faire savoir au grand public ainsi que pour contester leur rémunération dans ce cas d'autant que, bien souvent, ils perçoivent plusieurs rémunérations en même temps (mandat, activité professionnelle, représentations diverses, groupes de travail on ne peut plus discutables et souvent inutiles…). Mais là aussi, tout comme pour les laboratoires, les pressions s'avéraient fortes et en tout genre. C'était tellement bien d'être payé plusieurs fois dans le mois, pendant que les électeurs travaillaient dur pour être payés chichement ! L'auto protection des élus entre eux jouait, évidemment !

Dans leurs associations, les femmes étaient majoritaires et elles savaient qu'elles devaient faire face à la phallocratie politique et dirigeante, malgré les efforts de ces dernières années en la matière ! Il était temps que les hommes politiques, toutes tendances confondues, relaient réellement l'exaspération de l'opinion publique.

La machination machiavélique des lobbys tentait en permanence de contrer, en la discréditant, l'action de ces associations, en utilisant certains médias et de nombreux magazines, largement financés par les publicités de certaines sociétés financières impliquées dans les plus grands groupes pharmacologiques, qui présentaient des reportages évidemment bidons pour démontrer ce qu'ils voulaient obtenir et tenter d'anéantir tout ce qui était en cours d'élaboration par les associations.

— Le fait de ne pas abandonner un combat nous maintient debout, répétait inlassablement Nathalie avec ses amis. Le mal n'a pas de date de péremption !

Ce n'était pas un coup de pied dans la fourmilière qu'il fallait donner mais bien plus et d'une façon plus durable et sans relâche, car le but final était que les hommes politiques et les membres du milieu médical qui feraient du « hors piste » soient épinglés et voués à la destitution.

Pas simple tout cela évidemment, la puissance de l'argent, pas toujours très propre, avait une telle capacité de résistance dans la mesure où, contre eux, il y avait toujours beaucoup de personnes cupides et tellement faciles à corrompre. Une vraie petite coterie d'hommes liges en réalité, fonctionnant en ingénieux réseau avec l'inoxydable appui de quelques thuriféraires du pouvoir. Il faut une vertu cardinale pour faire face à cela : la force. Le tropisme de certains individus bien placés en décourage plus d'un. Car chacun sait que pour ces gens-là, il est aussi difficile de résister à un « coup » ou à une « poignée d'intérêts » qu'à un requin de rester insensible à l'appel du sang.

Phil et François mesuraient l'importance de tout cet enjeu, majeur pour nos sociétés démocratiques, et ils admiraient le chemin de croix que Nathalie et ses amis, concernés et convaincus comme elle qu'il fallait agir, avaient entrepris.

Finalement, l'effet papillon allait se propager dans de nombreux domaines…

« *Le choix de quelques-uns dans un bureau occidental… bouleverse des milliers de destins… petites causes grandes conséquences, petites choses dégâts immenses…* »

Bénabar avait raison, mais il y avait du travail pour que cela change…

En attendant, Phil et François se réjouissaient de ne pas avoir été catapultés dans un autre coin de Bretagne. Même si l'enquête s'était avérée difficile et épuisante, ils étaient au moins restés chez eux et goûtaient à ce plaisir incommensurable.

Pour Phil… vivre auprès de Gwen et Clémence et pouvoir chouchouter ses vieilles voitures qui le passionnaient. Pour François, prendre la mer avec son bateau, d'autant que l'approche de la fin septembre lui réservait des coefficients de 116 et 117 et il se délectait déjà de cette opportunité.

Quant à la Mini-Transat, partie de Douarnenez, elle patientait à Lanzarote pour reprendre la mer fin octobre. François craignait cependant que cette épreuve ne soit écrasée par la force médiatique de la Jacques Vabre qui allait aussi s'élancer du Havre, car cette dernière annonçait un plateau de choix avec des skippers très médiatisés comme Gabart, Riou et bien d'autres et elle risquait fort d'occuper le devant de la scène, reléguant davantage la Mini-Transat à une course plus confidentielle.

Ainsi allait la vie…

François se demandait d'ailleurs, à cet instant, qui avait dit que « *La vie est une perpétuelle distraction qui ne vous laisse même pas prendre conscience de ce dont elle distrait.* » (Franz Kafka).

Fin.

Inscrivez-vous gratuitement,
et sans aucun engagement de votre part,
à notre bulletin d'information
en nous retournant le coupon ci-contre.

Vous serez averti(e) des parutions en exclusivité,
pourrez bénéficier d'offres spéciales,
de cadeaux, etc.

Chaque nouvel inscrit recevra
une petite surprise…

Rejoignez-nous vite !

Et n'hésitez pas à proposer l'inscription
à vos parents et amis…

Je désire m'abonner gratuitement
au bulletin d'information des Éditions du Palémon :
je serai averti(e) des parutions
des enquêtes de Firmin Le Bourhis et autres ouvrages,
ainsi que de l'actualité et des offres Palémon.

Nom ....

Prénom ....

Adresse ....

....

....

Code Postal ....Ville ....

Pour encore plus d'offres et d'infos,
indiquez votre adresse e-mail :

E-mail ....@...................

Bon à compléter ou à recopier
et à retourner par courrier à l'adresse suivante :

ÉDITIONS DU PALÉMON
ZA de Troyalac'h
10 rue André Michelin
29170 SAINT-ÉVARZEC

FLB28

Retrouvez les ouvrages de Firmin Le Bourhis
et tous les titres des Éditions du Palémon sur :

www.palemon.fr

ÉDITIONS DU PALÉMON
ZA de Troyalac'h - 10 rue André Michelin
29170 SAINT-ÉVARZEC
02 98 94 62 44
Dépôt légal 1er trimestre 2016

ISBN : 978-2-37260-035-4

Achevé d'imprimer
par l'Imprimerie Laballery (602124)
1er tirage
Imprimé en France